RODA RODA

Die Streiche des Junkers Marius

ROMAN

PAUL ZSOLNAY VERLAG
WIEN · HAMBURG

Umschlag, Einband und Abbildungen: Norbert-Christoph Schröckenfuchs
Gesamtherstellung: Wiener Verlag, Wien
Printed in Austria
ISBN 3-552-02709-2

Meiner Tochter Dana

Euch, ihr jungen Mädchen, schenke ich dieses Buch in Dankbarkeit.

Ihr geht an meinem Fenster vorüber, scheinheilig-stumm oder schnatternd und lachend. Wie ihr schnattern könnt! Und lachen! Wie der blaue Himmel, ohne Grund — nur weil ihr hübsch seid, weil die Sonne scheint und eine heitere Ewigkeit vor euch steht.

Dir, meine Tochter Dana, widme ich das Buch — zum Dank für die Versprechungen, die in dir schlummern. Später einmal wirst du mich fragen:

»Ist das denn alles wahr, was hier geschrieben steht? Ist Tante Maria, ist Onkel Artur wirklich so unartig gewesen?«

Und niemand wird dir Antwort geben können — denn ich bin vielleicht schon tot.

Höre, Dana: Tante Maria war immer ein gutes Mädchen; gehorsam, bescheiden, adrett; gefällig, honett; geduldig, höflich, genügsam; gottesfürchtig und fügsam. Nur unter dem bösen Einfluß eines bösen Vetters hat sie sich — hie und da — hinreißen lassen, Taten zu vollführen, die sie heute sicherlich selber tief bereut.

Und Onkel Artur? Gott hat ihn gestraft — Onkel Artur hat elf Jahre bei den Soldaten in Essegg dienen müssen. Nie wirst du begreifen, wieviel Entsagung das bedeutete.

Was aber auch geschehen ist — geschehen ist es auf der Pußta Ilintzi in Slawonien.

Slawonien ist eine Landschaft zwischen Drau und Save, sie grenzt an Ungarn und Serbien. Da wohnen viele Deutsche. Auch dein Großvater, Dana, hat da gewohnt, dein Urahne und Ahne.

Vor zweihundert Jahren sind die Deutschen auf Kaiser Karls des Sechsten Ruf eingewandert: Bauern aus Hessen, der Pfalz, aus Franken und Schwaben. Man nennt sie »die Schwaben« allzusammen. Wirklich, sie schwäbeln auch, bis auf den heutigen Tag; singen die Lieder ihrer alten Heimat, feiern Gott und den Frühling auf hergebrachte Art.

Die Stadt Essegg ist deutsch (im Sumpf der Drau »des deutschen Söldners Grab«), und deutsch sind auch Neu-Pasua und Franzstadt. Die Leute von Ruma und India sind die Urschwaben und lassen sich gern Scherznamen gefallen: Rumänen, Indianer.

In Syrmien wohnen die Schwaben in Städten und Dörfern; im übrigen Land vereinzelt auf den Pußten.

Die Erzählung vom Junker Marius wird zeigen, wie mitten im slawischen Meer der deutsche Robinson lebt.

Die Pußta Ilintzi hatte über zehntausend Joch, schöne, ebene Felder — sie lagen da, so weit das Auge reichte. Im Westen der Wald, die Weide; im Süden das Gebirge; im Norden die Drau. Und staubige Wege kreuz und quer, Mühlen und Dörfchen, Vorwerke, Schafhürden, Zigeunerlager.

Ilintzipußta war die Hauptstadt: ein kleines Herrenhaus mit sieben Zimmerchen; zwei Gärten hint' und vorn; Hütten für die Dienerschaft, Stallung für das Vieh; ein Schüttboden, eine Schmiede, Keller und Kanzlei; Magazin, Maisdarre, Fouragekammer. Inmitten des Hofs ein Glockenstuhl; da läutete man nicht zur Andacht, sondern zur Fütterung.

Die Leute — ihrer hundert vielleicht oder mehr, und im Winter kaum fünfzig — waren Madjaren, Serben und Kroaten; es gab etliche Schwaben, Krainer als Schnitter, Holzknechte von der Militärgrenze, welsche Ziegelschläger und Bettler aus Ägypten.

Man lebte wie im Paradies. Glaub nicht, daß einer was stahl. Einbrecher gab es nicht — unsere Türen hatten keine Schlösser.

Es gab Räuber, o ja.

Diese Räuber, kühne Männer im Wald und auf der Heide, raubten Vieh, Geld, Kostbarkeiten, aber im Grund waren sie arme Burschen, gute Räuber.

Wer gut war, sie gewähren ließ, dem taten sie auch nichts zuleide. Alle Jahre einmal wollt ein Räuber wen erschlagen; auf dringliches Zureden stand er vom Schlimmsten ab ...

Die Räuber, gefürchtet für ihre Kühnheit, geliebt für ihre Armut und Gerechtigkeit, beneidet um den großen Namen — wer wollte ihnen grollen?

Vom Schaffner an sprachen alle auf Ilintzipußta — Schmiede, Wagner, Kutscher, Knechte, Hirten —

mit runden Augen vom tapferen, starken Räuber Bakonja.

Auf Pußta Ilintzi ist Maria groß geworden, der Junker Marius. Und all ihre Gedanken, als sie noch ein Kind war, galten Bakonja, dem geheimnisvollen Helden.

Laß dir nun, Dana, alles, was da weiter geschah, von ihr selbst erzählen — von deiner Tante Maria, deiner Taufmutter, dem Junker Marius!

Roda Roda

Zigeuner sind ehrlich

Als ich noch ein kleines Mädchen war, an die neun Jahre alt — da fiel mir eines Tages ein, den alten Awram zu besuchen. Er war ein Zigeuner vom Stamm der Kesselschmiede; wohnte einen Büchsenschuß von der Pußta am Anfang des Dorfes Ilintzi in einer Lehmhütte. Ein Gesicht hatte er, schwarzrissig wie Eichenrinde, Brauen von Watte und einen Bart wie ein Weihnachtsmann.

»Guten Tag, mein goldenes Fräuleinchen!« grüßte er. »Schön, daß du dich deines alten Freundes noch erinnerst.«

»Gott helfe dir bei der Arbeit, Onkel Awram! Ich komme mit einer Bitte.«

»Mit einer Bitte, Rubinblume? Was mag es für eine Bitte sein?«

»Man hört so viel von Räubern und Dieben erzählen, und ich bin begierig, einen zu sehen. Möchtest du mir einen Dieb zeigen? Nicht einen gewöhnlichen Gänsedieb wie Ilia — keinen, der nur Trauben stiehlt wie Schweinehirts kleiner Stephan; nein, weißt du, einen wirklichen, einen echten, rechten Spitzbuben.«

Der alte Awram schüttelte verwundert den Kopf.

»Was die Herrenleute doch für Einfälle haben,

schon von Kind auf! Du willst Diebe sehen und kommst zu den Zigeunern? Zigeuner sind ehrlich, Euer Gnaden, kleines Mädchen, nur schrecklich arm. Sie müssen Kessel flicken und allerhand Schmiedearbeit tun für eine Handvoll Weizen — und doch verhungern, wenn ihnen gute Menschen nicht hie und da einen Löffel Schmalz dazu schenken. Sag, hast du einen Löffel Schmalz bei dir, gute Tochter, einen Finger Speck, eine Pfeife Tabak? Du hast noch nie so tanzen sehen, wie der alte Awram tanzt, auf alte Zigeunerart, über zwei Axtstiele. Gib Geld, gute Tochter — du wirst es nicht bereuen! Nicht alle Zigeuner können wie Kröten über zwei Axtstiele hüpfen.«

Ich gab ihm zehn Kreuzer. Er küßte mir die Hand.

»Und wo sind die zwei Äxte, Euer Gnaden, kleines Mädchen, damit ich wie eine Kröte nach alter Zigeunerart darüberhüpfe? Hast du sie mitgebracht, gute Tochter? Denn wisse, der alte Awram ist so arm, daß er keine Äxte im Hause hat. Wieviel Geld könnte sich der alte Awram noch verdienen — von Herrschaften und Grafen —, wenn er zwei kleine hübsche Äxte hätte, um darüberzuhüpfen! Geh, meine süße Braut, geh heim und hol zwei Äxte her: es wird dich nicht gereuen.«

»Nein, nein, Äxte darf ich dir nicht bringen, Papa leidet es nicht. Weißt du noch, wie er gescholten hat, als ich dir ein Kalb gab für eine Maultrommel?«

»Freilich weiß ich es noch, Töchterchen. Das Kalb

ist unterdes ein großer Stier geworden und weidet mit dem herrschaftlichen Vieh. Sooft ich ihn sehe, kommen mir Tränen in die Augen, und auch der Stier blickt mir so traurig nach. Was hat er für ein Leben in der großen Herde? Bei mir wär er der einzige gewesen, ich hätte ihn wie einen Sohn gehalten. Erst unlängst ist er mir wieder brüllend nachgelaufen. Er weiß ganz gut, daß er von Rechts wegen mir gehört, durch redlichen Handel.«

»Die Maultrommel«, wandte ich ein, »war nur vier Kreuzer wert.«

»Kind, das sagen Leute, die sich nicht darauf verstehen. Es ist ein Unterschied zwischen Maultrommel und Maultrommel. Meine war aus Amerika, ich hatte sie von meinem süßen Schwiegersohn, der ist dort Bärentreiber. Mein leiblicher Bruder, Geiger des Königs von Londonland, kann es bestätigen.«

»Awram«, unterbrach ich, denn ich wollte zur Sache kommen, »sieh, hier hab ich einen Silbergulden, den hat mir mein Großpapa geschenkt. Ich geb ihn dir, wenn du mir einen Dieb zeigst.«

»Gib her, goldenes Grafenkind, gib ihn mir! Der alte Awram wird tanzen.«

»Tanzen sollst du nicht. Du sollst mir einen Dieb zeigen.«

»Einen Dieb? Woher nehmen und nicht stehlen? Doch ich will's versuchen, Euer Gnaden, mein Mädchen. Nichts ist dem alten Awram zu schwer, wenn du es verlangst. Wir wollen zusammen fortgehen, einen Dieb suchen. Komm, komm, Töchterchen!«

Awram holte einen Sack vom Herd, warf ihn über die Schulter, und wir gingen. Die Sonne brannte heiß, der Staub war knöcheltief. Nie zuvor war ich so weit zu Fuß gewandert.

»Sind wir bald da, Awram?«

»Noch ein kleines Stündchen, Kind, dann zeige ich dir einen Dieb.«

»Einen richtigen, einen tüchtigen?«

»Kind, vor dem, den ich dir zeige, haben selbst die Herren Gendarmen Angst. Wenn dir der arme Awram einen Dieb zeigt, ist es kein hergelaufener. Siehst du den Turm? Das ist das Schwabendorf. Dort werden wir ruhen, Wasser trinken und uns einen Dieb ansehen.«

Awram schritt wieder aus und warf seinen Sack herum.

»Was klirrt in deinem Sack?«

»Das Handwerkzeug zum Kesselflicken, sieben Dinge: Hammer, Zange, Nietenkopf, Amboß, Lötkolben, Zinn und Kohle. Nicht eins darf man vergessen.«

»Du willst Kessel flicken, Awram?«

»Wie klug du bist! Alles errätst du; das Geheimste bleibt dir nicht verborgen. Hast du auch noch deinen Gulden, den du dem armen Awram geben wolltest?«

Ich griff in meine Tasche und bejahte.

»Tu ihn lieber in deinen seidenen Kittel, Töchterchen, damit du ihn nicht verlierst!«

Ich gehorchte. »Höre, Awram, was für einen sonderbaren Ring hast du?«

Er war von Eisen und trug eine Spitze, gleich einem Hufstollen.

»Der Ring, gräfliche Rubinblume? Der Ring? Wie du ihn gleich erspäht hast! Er ist des armen Zigeuners Arbeitgeber. Solange ich ihn trage, gibt es Kesselchen zu flicken.«

»Ist das ein Zaubermittel?«

»Ein arabischer Zauber. Er lenkt mich dahin, wo es schlechte Kessel gibt.«

Wir waren im Schwabendorf angekommen, doch Awram ging stumm an den ersten Höfen vorüber. Da sei er unlängst eingekehrt, erzählte er. Ins achte, neunte Bauernhaus trat er vorsichtig ein. Die Hunde kläfften toll. Eine Frau erschien im Säulengang.

»He, silberne Frau Mutter, habt ihr löchrige Kesselchen in eurem Steinhaus? Hundert Jahre mögt ihr leben und Brot mit einem Zahn kauen für ein wenig Arbeit.«

»Nichts da! Pack dich, Zigeuner!« schrie die Alte, und ihre Hunde heulten ärger denn zuvor.

»He, Schaffnerin, so laßt mich doch eure Kesselchen sehen, vielleicht haben sie hie und da ein Löchlein, klein wie ein Nadelöhr. Flick ich sie heute, kostet es ein Weizenkorn; morgen hat das Feuer schon den Boden weggebrannt und den Trank gesoffen statt der Schweine.«

Alles ging in den Wind; die Frau zeigte ihre Kessel nicht.

»Weiter denn, in Gottes Namen!« sagte Awram, ging wieder stumm vorbei an sieben Türen, eh er die achte öffnete.

Diesmal traf er eine junge Bäuerin; sie hatte freilich für ihn keine Arbeit, ließ die Kessel aber wenigstens untersuchen.

»Du guckst vergebens nach schadhaften Stellen.« Die Frau lächelte.

»Dankt Gott, Hausfrau, daß ich gekommen bin! Denn seht, hier ist ein Loch!« Und schon steckte Awram seinen Finger durch das Kesselblech. Die Frau war bestürzt und wollte es zuerst gar nicht recht glauben. Dann bat sie Awram um Hilfe. Unter einem Maulbeerbaum am Brunnen fachte der alte Zigeuner Feuer an und nietete und hämmerte drauflos. Es gab dann noch ein Feilschen um den Preis, und weiter ging es — mit wechselndem Glück.

Gegen Abend sagte Awram: »Siehst du nun, Euer Gnaden, wie mich der Ring geführt hat?«

»Er hat dich geführt?«

»Nicht? Wenn ich einen Kessel ansehe, ist er durchlöchert wie mein Hut.«

»Unsinn! Ich habe schon heraus, wie du es anstellst, Awram: wo ein Strich mit roter Kreide an der Tür ist, da trittst du ein. Wer hat den Strich gezogen? Wohl andere Zigeuner, die vor dir da waren?«

»Kind, du irrst. Alles macht mein arabischer Zauber.«

»Das glaub ich wohl. Sowie man dir einen Kessel in die Hand gibt: knacks! — bohrst du ein Loch mit dem Stollen deines Ringes.«

Awram beteuerte bei allen Heiligen seine Unschuld; doch ich glaubte ihm nicht.

»Wenn du so redest, Tochter, geh lieber deiner Wege! Es ist schon spät; du kannst nicht immer beim armen Awram bleiben; er hat ohnehin so viele Kinder zu ernähren.«

»Aber du wolltest mir doch einen Dieb zeigen?«

»Morgen, nächstens«, brummte er, »wenn du artiger gewesen bist.«

»Awram«, bat ich, »meinen Silbergulden schenk ich dir, wenn du's noch heute tust.«

Er blickte auf und lachte.

»Einen Dieb? Für einen Silbergulden? Kind, wo hast du deinen Silbergulden?«

Ich griff in die Tasche — ich suchte — vergebens. Mein Gulden war weg.

Je länger mein Gesicht wurde, desto vergnügter schmunzelte der Alte.

»Töchterchen, wenn du Diebe sehen willst, darfst du sie nicht bei den Zigeunern suchen. Zigeuner sind ehrlich, du meine fürstliche Braut. Zigeuner sind ehrlich wie Apostel.«

»Awram, du hast mir den Gulden gestohlen.« Ich wollte weinen.

»Gestohlen, feines Herrenkind? Ich — den Gulden gestohlen? Ei, so geh nach Hause und leg dich in dein seidenes Bett, denn du hast einen Dieb gesehen. Morgen aber bring mir den Gulden, den du mir als Lohn dafür versprochen hast. Und bring auch Äxte, damit ich nach alter Zigeunerart darüberhüpfe, Töchterchen, ganz wie eine Kröte, ganz wie eine Kröte. Du hast noch nie was Hübscheres erlebt.«

Onkel Alois

Im Herrenhaus von Ilintzipußta saß unterdessen die brave Frau Riemer und guckte sich nach mir die Augen aus dem Kopf.

Frau Riemer führte die Wirtschaft bei uns. Denn ich hatte keine Mutter. Meine Mutter war lange, lange tot, ich hatte sie gar nie gesehen.

Frau Riemer war viel älter als Papa, schon über vierzig.

Als ich vom Zigeuner heimkam, sagte Frau Riemer eben zu Papa: »Sie sollten eigentlich Onkel Alois zu sich laden.«

Onkel Alois war Gutsbesitzer — viele Meilen weg von uns, bei Essegg. Frau Riemer wollte immer gern dahin — es sei bei Onkel Alois nicht so einsam wie auf Ilintzi, weil der Onkel täglich nach der Stadt kann.

Immer wieder fing Frau Riemer von Onkel Alois zu reden an — und Papa schwieg dann, denn er hörte es nicht gern.

Ich freute mich, als wieder beide von Onkel Alois sprachen — da vergaßen sie, mich zu schelten.

»Sie sollten eigentlich Onkel Alois zu sich laden.«

»Er wird nicht kommen wollen«, antwortete Papa endlich.

»Immerhin, einen Versuch ist die Sache wert. Sie wissen ...«

»Natürlich weiß ich ... Sie haben es mir tausendmal gesagt, Frau Riemer — ich kann es auswendig: Er ist ein schwerreicher Mann und kinderlos. Er soll unseren Marius kennen- und schätzenlernen, dann wird er ihn im Letzten Willen dereinst gewiß bedenken.«

»Herr Roda ...«, warnte Frau Riemer und verdrehte die Augen nach mir.

»Nun«, machte Papa, »Marius ist ein gescheiter Kopf, vor ihm darf man alles sagen. Um aber auf besagten Hammel zurückzukommen: Der alte Herr hat seine Schrullen, andererseits auch seine Schollen, an denen er klebt, seine gewohnte Weise ... Er fürchtet für seine teuere Sicherheit, wo man soviel von Räubern redet ...«

»Schreiben Sie ihm eben, er soll bei Tag reisen — da wird er doch keine Schwierigkeiten sehen. Sie haben Ihre Pflicht getan, wenn Sie ihn einladen. Kommt er nicht, um so besser.«

Und er kam. Bei Tage.

Ich fand ihn recht gealtert, noch magerer als sonst.

Er drückte Papa die Hand, nickte Frau Riemer zu und zwinkerte mit den Augen, klopfte mir auf die Schulter und sagte: »Himmel, ist das ein schrecklich großes Frauenzimmer!«

»Unser Mädel«, sprach Frau Riemer stolz — wie ein Tierbändiger etwa, der vor dem Käfig ausruft: »Hier, verehrtes Publikum, der Wüstenkönig, Felis leo.« Denn Frau Riemer hatte mich ziemlich lieb.

Wir aßen zu Nacht und blieben noch ein Weilchen sitzen. Onkel Alois verlangte nach seiner Pfeife. Ich lief fort und brachte sie ihm gestopft und angezündet.

»Teufelsmädel!« sagte Onkel Alois.

»Was?« rief Papa. »Hast du je solch einen schneidigen Kerl gesehen wie meinen Marius?«

Frau Riemer erklärte: »Herr Roda versteht nämlich unter seinem Marius — unsere Maria.«

»Na, streitet euch nur nicht um mich«, wehrte ich geschmeichelt.

Papa trat mir auf den Fuß, Frau Riemer puffte mich in die Hüfte.

Zuerst lächelte ich ein wenig, dann lachte ich laut und lauter. Endlich platzte ich los.

»Was hat das Kind?« fragte Onkel Alois.

»Es ist zu possierlich«, preßte ich hervor.

»Was denn?«

»Daß du noch nichts gespürt hast, Großpapa!« Großpapa sollte ich zu ihm sagen, hatte Frau Riemer befohlen.

»Was soll ich denn gespürt haben?«

»Na, laß nur!« Und ich lachte weiter.

Onkel Alois musterte sich von oben bis unten, besah die Pfeife von allen Seiten und wurde unruhig. Und spuckte immerzu.

Frau Riemer aber redete von Onkelchens Landgut, um ihn von seinen Gedanken abzubringen. Sie merkte, daß ich was angestellt hatte, wußte nur nicht, was.

Paprika hatte ich unter den Tabak in die Pfeife gestopft. Erst ganz zuletzt, als Onkel Alois eben gesagt hatte: »Solch ein Pfeifchen ist doch was Erhabenes« — da stellte sich's heraus, und Großpapa schmälte recht arg.

»Marius, ich verbitte mir das! Ich bin dir ernstlich böse.«

»Macht nichts, wenn du mich nur dereinst bedenkst. Ich könnt es brauchen.«

Er verstand mich nicht.

Wenn Großpapa wieder einmal seine Pfeife auf den Teppich ausklopfte, lächelte Frau Riemer sauersüß. Wenn er aber unsern Kutscher einen Esel nannte, ging Papa umher wie ein gefangenes Raubtier.

Gewiß, Großpapa hatte unangenehme Gewohnheiten. Er stand um zwei Stunden zu früh auf, hatte um zwei Stunden zu früh Mittagshunger und ging mit den Hühnern schlafen. Dann aber mußte alles in weitem Umkreis still sein. Er haßte Frau Riemers Klavier (sie versicherte sofort, die Arme: sie wolle es wirklich und wahrhaftig nie wieder tun) — er quälte die Köchin und zankte mit den Knechten. Er fand den Weizen einfach scheußlich, die Maistafel wie von Schweinen zerwühlt und die Schweine dürr wie die Heuschrecken. Bei ihm zu Haus — nahe der Stadt — sei alles anders.

Als ich einst mit ihm in der Laube saß — er hatte mich recht lieb —, da fragte ich ihn: Warum er eigentlich nicht daheim geblieben wäre, nahe der

Stadt, wo es so schön sei; und ob er gedenke, recht bald wegzufahren?

»Bin ich dir schon lästig, mein Kind?«

»Mir nicht ...«, erwiderte ich.

Da brach er das Gespräch ab, so gern ich es fortsetzen wollte.

Der Alte war am Abend in sein Zimmer gegangen, Papa und Frau Riemer saßen noch beisammen, ohne ein Wort zu sprechen; doch ich wußte, woran sie dachten.

»Es muß ein Ende nehmen!« rief plötzlich Papa. »Er bringt mir das Haus durcheinander. Heute läßt mich der dritte Kutscher im Stich — seinetwegen.«

»Maria, geh schlafen!« gebot Frau Riemer.

Ich kehrte mich wenig daran. Ich wollte gern wissen, was es mit Großpapa würde — mit Großpapa, der mir so gut gefiel, weil er mir erlaubt hatte, jeden Tag seine Pfeife zu putzen.

»Geh schlafen«, mahnte Frau Riemer, »aber wasch dich vorher — du riechst entsetzlich nach Knaster.«

»Dreikönig«, verbesserte ich. Ich kannte Großpapas Sorte.

»Dreikönig oder nicht — es wäre wirklich besser, wenn Onkel Alois in seine gewohnte Umgebung zurückkehrte.«

Papa zuckte die Achseln und pfiff: »Was fang ich armer Teufel an?«, überlegte lang und hatte einen glücklichen Einfall: »Ich werde ihn hinausbeißen.«

»Aber wie?« wollte Frau Riemer wissen.

»Sehr einfach: Sie fangen morgen einen Streit an und lassen das Schicksal walten. Der Teil, dem er unrecht gibt, wird ihm erzstockfeind. Dann muß er zum Kuckuck gehen.«

»Auf morgen also! Gute Nacht, Maria!«

»Gute Nacht, Papa — Frau Riemer!«

Was, meinen lieben Großpapa wollt ihr weghaben? Er hat mir erst heute ein Vierkreuzerstück geschenkt. Ein Vierkreuzerstück — und was wird es mit den schönen roten Pfeifenquasten, deren Verlust er beim Einpacken jedenfalls bemerken wird? Dann muß ich sie wohl wieder hergeben. Und er hat mir eine Peitsche versprochen, aber noch nicht gekauft. Ich sehe sie nie, wenn er jetzt heimfährt. Nein, daraus kann nichts werden.

»Großpapa«, sagte ich am nächsten Tag in der Laube, »du solltest eigentlich noch hierbleiben.«

»Wie kommst du auf den Gedanken, Töchterchen?«

»Na so. Du solltest bleiben — wenigstens so lang, bis ich die Peitsche habe. Es muß doch wunderschön sein, eine hübsche gelbe Peitsche zu haben, eine lange, weißt du, von leichtem Holz. Sechs Gulden kostet sie beim Roten Kohn. Dann könntest du dich auch sonst ein wenig angenehmer machen.«

»Angenehmer? Wem und wozu?«

»Ich meine im allgemeinen.«

»Zum Beispiel?«

»Zum Beispiel brauche ich noch sehr dringend

vier Kreuzer für Zündhütchen. Und Frau Riemer will nicht, daß du im Salon rumorst. Spinat kocht man bei uns nur ohne Knoblauch, und es ist nicht nötig, daß du dich darüber ereiferst. Wenn Papa und Frau Riemer streiten, so tun sie bloß so. Das solltest du wissen, du bist ja schon alt. Hast du als Kind nie Zündhütchen gehabt?«

Zu Mittag sagte mir Frau Riemer: »Maria, du ißt wie ein Ferkel. Kann es auch anders sein bei dieser Erziehung?«

»Bei was für einer Erziehung?« fragte Papa lauernd.

»Stellen Sie sich nur nicht so an — Sie wissen schon ganz gut, Herr Roda.«

»Ah, geht das auf mich?«

»Auf wen sonst? Hat etwa der Haushund diesen Einfluß auf Marias Manieren ausgeübt?«

»Das ist stark«, rief Papa und schlug auf den Tisch. »Ich suche aus Maria einen tüchtigen Jungen zu machen, der sich einmal allein durch die Welt schlagen soll...«

»Das ist es ja eben. Damit verderben Sie das Kind. Unsere Kleine muß...«

»Was — unsere Kleine! Mein Junge ist das.«

»Sie werden wohl zugeben, daß Maria erstens ein Mädchen ist und zweitens meiner Fürsorge anvertraut.«

»Nein, nichts gebe ich zu. Jeder Mensch hat seinen Ältesten. Hier kann es, da für die Stelle sonst niemand da ist, nur Marius sein. Folglich wird Marius danach erzogen, und damit basta.«

»Ohohoho! Ich habe kraft meiner Mutterstelle auch noch ein Wörtchen mitzureden. Maria wird und muß ein artiges Mädchen werden.«

»Und ich sage: nein. Wer soll einmal Pußta Ilintzi bewirtschaften? Ein Mädchen, das stricken und nähen kann? Auf die Hochschule für Bodenkultur muß Marius, ein tüchtiger Landwirt muß Marius werden, sonst verzichte ich auf alle Familienbeziehungen. Was sagst du dazu, Marius?«

»Papa«, sagte ich, »mir ist das ziemlich Wurst.«

»Welche Sprache für ein Mädchen!« stöhnte Frau Riemer.

Ich aber setzte ungerührt fort: »Mir ist das Wurst. Fragt doch Großpapa, was er darüber denkt.«

Papa und Frau Riemer wechselten einen freudigen Blick und riefen einmütig: »Ja, ja, Onkel Alois soll entscheiden. Nicht wahr, ich habe recht?«

Onkel Alois paffte seinen Knaster, spuckte auf den schönen Teppich und sprach bedächtig: »Kinder, Kinder, Kinderchen! Vertragt euch! Ich menge mich nicht ein. Wegen der paar Wochen, die ich noch hierbleiben will, möchte ich mich mit keinem von euch verfeinden.«

Da ward es ringsum still.

Onkel Alois aber formte eine Schnauze wie ein Fuchs, der wieder einmal der Meute entgangen ist.

Er reiste aber bald ab.

Eine Woche später folgte ihm Frau Riemer, um bei ihm zu bleiben — nahe der Stadt, wo es nicht so einsam ist wie auf Ilintzi.

Tante Barbaras Diplomatie

Da kam Tante Barbara mit Lollo zu uns zu Besuch. Sie kam nicht ohne Zweck, sondern die anderen Tanten hatten sie als diplomatische Agentin hergeschickt, damit sie nach dem Rechten sehe — weil doch nun das Haus ohne weibliche Aufsicht war nach Frau Riemers Abschied —, und auch sonst lag vieles darnieder, denn das Landgut gab keinen Ertrag.

Papa und ich hausten allein. Papa kaufte sich ein neues Pferd mit sehr schönem Pedigree, Amazone, und jagte jeden Morgen Hasen damit. Manchmal hatte er Glück. Bekam er einen Hasen an den Löffeln, so pfiff er den Generalmarsch und nannte das: auf das Junggesellenleben pfeifen. Die übrige Zeit des Tages verteilte er gerecht auf die Wirtschaft und mich.

Tante Barbara entsetzte sich über alles, was sie bei uns sah. Als diplomatische Agentin aber würgte sie's hinab, lächelte und fand »manche Schwäche des geliebten Schwagers ein wenig heiter«.

Papa war zehnmal klüger als Tante Barbara, zeigte es aber nicht. Dabei tat er ihr schön, daß ihr die Augen übergingen wie einer Gluckhenne. Sie waren bald einig: Papa versprach mit dreister

Miene Besserung, »um Tantchens schöner Augen willen«, die Tante aber dem Papa fünfundfünfzigtausend Gulden — die Verwandtschaft wollte das Geld vorstrecken, damit die Hypothekarschulden von Pußta Ilintzi abgelöst würden.

Als es soweit war, fuhr die Tante weg, um den Familienrat von dem Erfolg ihrer Sendung zu unterrichten — ich aber sollte indes auf Lollo achthaben; in zwei Tagen würde die Tante wiederkommen.

Nun war Lollo ein sehr sonderbares Kind. Sechs Jahre und dabei so unbeholfen wie ein blindes Kätzchen, blöd zum Wundern. Nichts wußte sie. Sie meinte, die Milch ränne den Kühen von selbst aus den Eutern — wie Wasser aus dem Kran —, und einen Brunnen hatte sie nie im Leben gesehen.

»Marius«, fragte sie, »in diese Grube schüttet ihr das Wasser?«

»Unsinn. Da schöpfen wir es heraus.«

»Und wozu die großen Hölzer?«

»Das ist der Schwingbaum. An der dünnen Stange langt man den Eimer hinab.«

Ich ließ sie zur Unterhaltung ein wenig Wasser schöpfen. Richtig war sie zu leicht, den Schwingbaum niederzuziehen, und er schnellte wieder hoch. Dann ließ sie rasch aus, wo ein anderes Kind doch festgehalten hätte, und kriegte den Eimer gerade an die Stirn. Ich rief: »Lollo, du taugst keinen Pfifferling!«

Oder wenn ich sie zu den Schafen führte, damit sie mit ihnen spiele, und ich meinte, da könnte ihr doch sicherlich nichts geschehen, wo Lämmchen so sanft sind: kam sie in Streit mit des Schäfers Esel, der viel stärker war als sie, fing an zu plärren, und das mochte wieder Bundasch nicht ausstehen, der mittlere von den drei Hunden. Es war, um aus der Haut zu fahren — und das sagte ich ihr auch ganz deutlich.

Solch ein unglückseliges Kind konnte man nirgendshin mitnehmen, sie hätte sich Gott weiß was getan. Schweinehirts kleiner Stephan hatte mich für Nachmittag zum Maisbraten eingeladen — doch vorsichtig, wie ich nun einmal war, ließ ich Lollo beim alten Michel in der Schmiede und ging allein zu Stephan. Richtig zwickte sich Lollo den Finger in den Schraubstock. Sich selbst den eigenen Finger in den Schraubstock klemmen — man sollte doch denken, so dumm wäre niemand. Das sagte ich ihr auch auf den Kopf zu.

Papa war über Lollos Finger sehr böse und rief: »Himmel und Hagel, Marius, du darfst mir nun zwei Tage nicht aus dem Zimmer!«

»Wenn ich aber doch ein ganz klein wenig weggehe?« fragte ich.

Die Diplomatie hatte ich der Tante abgeguckt.

Papa antwortete nicht, sondern ließ nur die Hetzpeitsche einmal durch die Luft sausen. Das war bei uns ein verabredetes Zeichen.

Es ist nie meine Art gewesen, mit Stärkeren anzubinden. Also ging ich mit Lollo ins Zimmer.

Es war eben die Zeit, wo man allgemein Weidenflöten schnitzte. Auch ich schnitzte eine, ich wollte mit Schweinehirts Stephan darauf spielen: »Lustig tanzen, lustig tanzen — um halber zweiundzwanzig«, ich die obere, er die untere Stimme, mit Herumtrampeln. Lollo plärrte, sie wolle mitschnitzen. Klugerweise gab ich ihr ein ganz altes Messer — es war so stumpf, daß man darauf nach Paris reiten konnte. Sie schnitt sich trotzdem, nur in den kleinsten von ihren kleinen Fingern — schrie aber, als hätte sie sich schon den ganzen Kopf abgehackt.

»Donner und Doria! Willst du still sein?« rief ich.

Da war sie still und schmiegte sich an mich. Sie hatte mich sehr liebgewonnen. Auch ich fand Gefallen an ihr und drückte ein Auge zu, wenn sie wieder etwas anstellte, und sorgte nur, daß sie sich harmlos unterhielt.

Weiß Gott, sie machte mir's schwer. Alles wollte sie anfassen, betasten — und zerlegen, um zu sehen, wie es innen aussieht —, auch Dinge, die gar nicht für Kinder sind, zum Beispiel: Papas Revolver. Selbstverständlich gab ich ihr nur einen blindgeladenen. Trotzdem brannte sie damit ein Loch in den Vorhang. Ich tröstete sie, so gut es ging: »Du Trottel, laß die blödsinnige Heulerei! Das Loch wird die Köchin schon stopfen, darauf kannst du Gift nehmen.«

Sie beruhigte sich und schwieg.

Am Abend kam Papa nach Hause und sah, daß alles in Ordnung war: Ich hatte die Tür an die hundertmal aufgerissen und zugeschlagen, damit sich der Pulverrauch verziehe, und den Vorhang geschickt drapiert, so daß das Loch in eine Falte kam. Also erlaubte mir Papa, am anderen Tag doch wieder auszugehen.

»Aber das sage ich dir, Marius — Kreuz-Janitscharen und hundert Waggons Tanten —, wenn du mir mit dem Kind reitest, fährst oder schießt ...«

»I, Herrgott, wo werde ich denn!« antwortete ich begütigend.

»Na, Segen deiner Taufkerze, dir ist es zuzutrauen.«

Als Lollo am anderen Tag Händel mit Schäfers Esel kriegte, spuckte sie genauso durch die Zähne wie Michel, der alte Schmied, und nannte den Esel den größten Esel in drei Königreichen. Bundasch, der mittlere von den Hunden, drückte sich ängstlich — ich streichelte meine niedliche Base und nannte sie ein Kapitalmädel.

Beim Wasserschöpfen half ich ihr ein wenig. Als der Schwingbaum hinaufschnellte, ließ Lollo die Stange durchaus nicht los; flog in die Luft, wieder runter und über den Trog hinweg auf das Stroh. Ich fragte sie besorgt, ob ihr auch nichts geschehen wäre.

Sie antwortete: »Donner und Do ... Wie geht der Fluch doch weiter, Marius?«

»Donner und Doria!«

»Ja, also getan hab ich mir nichts.«

Am Abend kam die Tante und drückte dem Papa sehr warm die Hand. Papa erwartete sie in Schlafrock und Pantoffeln (die hatte er sich vom Pfarrer von Gradina geborgt) und ließ Kaffee servieren.

Sie sprachen lange miteinander, während ich mit Lollo Flöte blies.

»Laßt das, Kinder«, piepste die Tante, »ihr macht mich ganz nervös.«

Lollo ärgerte sich.

»Kreuz-Janitscharen«, sagte sie, »nicht einmal pfeifen darf man mehr.«

Tante Barbara horchte auf.

»Was hast du, Kind?«

Dann wandte sie sich wieder an Papa.

Lollo und ich trieben Kurzweil mit einer Schnupftabakdose, der Gradiner Pfarrer hatte sie da vergessen. Als ich einmal öfter schnupfte, erboste sich Lollo und kreischte: »Tausend Teufel, willst du mir gleich . . .?«

Die Tante sprang auf, als hätte ein Stier sie auf die Hörner geladen, und rief im ärgsten Zorn: »Lollo! Kind! Was hast du gesagt?«

»Tausend Teu . . .«, stammelte Lollo und vollendete rasch: »Tausend Tanten.«

»Ach so«, sagte Tante Barbara, lächelte, setzte sich und begann, Papa eine Menge Geld vorzuzählen. Lollo sah ihr neugierig zu. Als Tante fertig mit dem Zählen war, sperrte Papa das Geld in die Kasse und drückte der Tante wiederum die Hand.

Klein-Lollo sprach: »Kreuz-Janitscharen und hundert Waggons Heidengötter, Marius — ist das eine Fuhre Geld gewesen!«

Da faßte Tante Barbara Lollo an der Hand und fuhr augenblicks weg mit ihr von der Pußta Ilintzi. Ich sah ihr traurig nach.

»Mach dir nichts draus, Marius!« sagte Papa, lachte und strich mir zärtlich das Haar. »Du kriegst statt der Base ein hübsches Pony — wenn du willst, auch einen Wagen und meinetwegen noch einen Revolver — sieben Millimeter — so einen für Kinder.«

Das Pony

Einen Revolver sollte ich bekommen — oh, niemand war glücklicher als ich.

Man sprach wieder so viel vom Räuber Bakonja.

In Magodinowatz, auf der Nachbarpußta, hatte der Gutsherr Geyer seinen Viehhirten entlassen; in der Nacht darauf verschwanden sieben Kühe. Bis nach dem Bach verfolgte man ihre Spuren; da hörten die Spuren auf: Die Räuber hatten die Kühe bachaufwärts oder -abwärts weitergetrieben — wer konnte es wissen?

Beim Zigeunerschulzen von Kutowi waren fünf Männer erschienen, spätabends, vermummt und berußt. Die Kutower Zigeuner sind Bärentreiber; sie ziehen im Frühling aus und kehren im Winter heim, reich beladen mit Gold und Edelsteinen. Der größte der Berußten (Bakonja — wer sonst?) setzte dem Zigeunerschulzen das Messer an die Brust und rief: »Zeig uns, wo du unrecht Gut versteckt hast und vergraben — oder deine Seele wird durch ein winziges Loch in den Himmel fahren.«

»Ritterlicher Herr Räuberhauptmann«, sprach bebend der Schulze, »du darfst meine Ersparnisse nicht nehmen, wo ich sie doch mühsam erworben habe!«

»Kein Wort weiter — sondern trenne dich von deinen Schätzen! Nicht du hast dies große, heilige Geld verdient, sondern deine armen Bären, die unsere Brüder sind, weil sie mutig und einsam wie wir in Gebirg und Wäldern hausen als ehrliche Räuber. Ihr Zigeuner aber zwingt unsere Brüder, die Bären, zu eurem Vorteil zu tanzen — und grausam, auf heißen Herdplatten, lehrt ihr unsere armen Brüder dazu an. Das Wehgeschrei der Bären ist weit zu uns gedrungen und hat uns gerufen — wir sind der Bären Freunde, Rächer und Erben.«

Da sah der Schulze von Kutowi ein, daß Herr Bakonja recht hatte, und er lieferte ihm alles aus, was er besaß, neun Scheffel Gold.

So wußte Militza zu berichten, die Frau des Kutschers Warga, die gestern vom Markt aus Gradina gekommen war.

Der blinde Ilia wieder, der Ochsenknecht — »blind« nannte man ihn, weil er nur ein Auge hatte —, er fabelte von einem Weib, das hätte in Tränen aufgelöst vor Gradina an der Landstraße gesessen. Plötzlich kam ein großer fremder Mann auf sie zu, vornehm gekleidet, und sprach: »Ich weiß, daß sich dein Kalb verlaufen hat, unglückliches Weib, und zu Hause warten auf dich vier hungrige Kinder. Doch weine nicht! Komm mit mir und such dir aus meiner Herde ein anderes Kalb, das allerschönste — es soll dir gehören.«

Darauf nahm der fremde Mann das Weib an der Hand und führte sie tief in das Dickicht; sie zitterte vor Bange.

»Fürchte nichts«, sagte der Herr, »ich bin Bakonja, der die Bettler mildtätig beschenkt und nur die Harten züchtigt.«

Da faßte das Weib Mut und blickte sich um in der mächtigen Herde, zu der Bakonja sie geleitet hatte.

Hier wies das Weib auf eine rotgefleckte Färse und wünschte sich diese.

Herr Bakonja blickte das Weib ernst an. »Ist auch dein verlaufenes ein rotes Kalb gewesen?«

»Nein«, antwortete das Weib.

»Gut. Immerhin will ich dir ein rotes gewähren — als Entgelt für soviel Herzleid, wie du ausgestanden hast. Und war dein verlornes Kalb zweijährig wie dies?«

»Ja«, entgegnete das Weib.

»So lügst du«, schalt Herr Bakonja — brach einen dicken Ast vom Baum und hieb auf das Weib los, was Platz hatte.

»Dies für den Lug«, rief er, »und dies für deine unschuldigen Kinder.«

Und schenkte ihr nächst dem zweijährigen roten Kalb noch ein hübsches weißes. Das Weib durfte sie gleich mitnehmen.

Wenn ich aber einen Revolver habe — und Herr Bakonja besucht uns —, dann sag ich einfach: »Sie sind stark und groß, ich aber habe einen Revolver — wir sind quitt. Mein Vater ist ein gerechter Mann, und ich habe keine Bären tanzen lassen. Es freut mich, Ihre Bekanntschaft zu machen, Herr Bakonja, weil ich Sie schon längst sehen wollte; ich werde

Ihnen auch gern Wein und kalten Braten bringen, dann aber gehen Sie mit Gott und nehmen Sie uns nichts, denn wir lieben unser Vieh, und die Pferde hat mein Papa aufgezogen, sie sind nicht gestohlen.«

So werde ich zu Herrn Bakonja reden — mit meinem Revolver in der Hand.

Und ein Pony hatte mir Papa versprochen — das ging mir nun erst recht gar nicht mehr aus dem Kopf. Ich sah mich stolz wie eine Königin, hoch zu Roß, auf einem Rappen. Eine wallende Mähne mußte der Rappe haben, einen Schweif wie eine Kurschleppe und feurige Lichter: Eleanor soll er heißen — ich aber: Königin Zizazara Zikazaka, Nummer sieben.

Das war mein Traum bei Tag und Nacht.

Dann laß ich den Bengel, den Wlado, einkerkern, wenn er wieder Steine nach mir schmeißt. Dem Schmiedemeister schenke ich hundert Gulden — er wünscht sie sich so sehr. Unserer Köchin neue Wäsche. Dem Kutscher eine schöne Sau mit Ferkeln. Jedem Knecht einen Pelz, jeder Frau eine Kuh.

Eine laute Stimme hallte aus dieser Welt in jene — mein Luftschloß stürzte zusammen.

»Marius«, rief Papa, »du fährst mit mir nach Gradina.«

»Ich möchte aber ...«

»Einen Kanal graben — wie? Und dich schmutzig machen vom Kopf bis zu den Füßen? Nichts da. Du kleidest dich um und kommst.«

»Ja — wenn du mir ein Pferd schenkst«, antwortete ich; denn ich suchte Papa möglichst oft an sein Versprechen zu erinnern.

Er winkte nur. Da mußte ich — und wir fuhren.

In Gradina besuchte Papa den Herrn Roten Kohn — es gab auch einen schwarzen — und besprach hundert Dinge mit ihm, endlose hundert Dinge. Frau Kohn langweilte mich indessen mit Fragen: wie ich hieße und wie alt ich wäre. Sie war eine nette kleine Frau, und ich gab ihr Bescheid.

Plötzlich sagte Papa: »Himmel, heute ist ja Feiertag. Lauf mal auf die Post, Marius, und sieh, daß du noch die Zeitungen kriegst! Sonst sperrt uns dieser Götzenfürst von Postmeister die Bude vor der Nase zu.«

Der Götzenfürst murrte, unsere Briefe gab er mir doch. Auch eine Postanweisung von Tante Barbara war da, achthundertsiebenundzwanzig Gulden. Ich behob sie gleich. Es war der Rest der Verwandtenhypothek.

Als ich von der Post zurückging, hörte ich sonderbare Musik. Ein Trommeln war es, ein Rasseln und Quirlen. Ich lief hin, so schnell ich konnte, und fand schon halb Gradina versammelt. Als ich mich durch die Reihen drängte, tanzte mitten im Kreis ein Bär.

Er tanzte auf den Hinterbeinen, hatte einen eisernen Korb um das Maul und ein Tamburin in den Vorderpranken.

»Heißa! Heißa!« schrie der Schulze aus Kutowi, hopste wilde Sprünge, trillerte auf einer Klarinette, reizte den Bären und riß an seiner Kette, damit er brumme.

Ich dachte mir sogleich: Herr Bakonja hat recht getan, den Zigeunerschulzen zu bestrafen; wenn ich einmal Königin bin, kaufe ich mir diesen klugen Bären, damit er nicht so schwer sein Brot verdienen muß; und wenn ich dann reite, auf meinem schönen Rappen, trabt der Bär neben mir her und blickt immer dankbar zu mir auf, weil ich ihn befreit habe.

Wenn ich einmal reite...

Ach, ein Pferd, ein Pferd haben!

Da sammelte der Zigeuner ein, schritt auf seinen Wagen zu und zerrte den Bären mit sich.

Und hinter dem Wagen angebunden — was sah ich? Ein junges Pferd; ein hübsches kleines Fohlen.

Schon blitzte mir ein Gedanke auf; ich trat aus der Reihe der Kinder auf den Schulzen zu und fragte ganz furchtlos: »Hören Sie, Herr Zigeuner! Wieviel kostet das Fohlen?«

Er musterte mich verschmitzt und sprach: »Was bietest du?«

Ich darauf ohne Besinnen: »Achthundertsiebenundzwanzig Gulden.«

»Hast du denn soviel Geld bei dir?«

Ich zeigte ihm das Geld.

Die Zigeuner grinsten einander an, besprachen sich auf zigeunerisch — und schon ging einer hin, band das Fohlen los und reichte mir den Strick.

Dabei fragte er:

»Hast du noch mehr Geld? Gib her!«

Ich hatte nichts, und die Zigeuner gaben sich zufrieden. Sie zogen mit ihrem alten Klepper ab, mit ihrem Wagen und dem Bären.

Gott, ich freute mich ja so sehr, endlich ein Pferd zu haben. Unruhe fühlt ich dennoch. Ich tröstete mich aber: Papa hat mir das Pferd so oft versprochen, ihm wird es ganz genehm sein, wenn ich es mir selbst kaufe.

Viele Gradiner Jungen hatten den Handel mit angesehen — sie folgten mir voll Bewunderung. Wlado vom Bundschuhmacher, sonst mein geschworener Feind, schlug vor, ich sollte reiten, und wollte mir ritterlich hinaufhelfen. Doch ich schämte mich — hier mitten im Ort, ohne Sattel und mit kurzen Röcken.

Papa konnte den Zusammenhang zuerst gar nicht begreifen. Er wußte ja nichts von der Postanweisung.

Als ich alles haarklein erzählt hatte, sagte der Herr Rote Kohn: »An dem Fräuln werden Sie sich noch scheene Sachen erleben, lieber Herr.«

Doch schon saß Papa auf seinem Wagen und fuhr den Zigeunern nach. Wir trafen sie noch innerhalb des Ortes.

Papa sagte kein Wort. Er nahm nur die Peitsche und ging auf die Zigeuner los.

Der Zigeuner war ungemein freundlich, lachte, verbeugte sich und sprach: »Gnädiger Herr Graf, es war ja nur ein Spaß. Hier sind die sechshundertzweiundzwanzig Gulden.«

Papa hob die Peitsche eine Spanne höher.

»Wollte sagen: achthundertsechsundzwanzig. Ein Gulden ist Abstandsgeld.«

Während wir noch sprachen, war Matthes, unser Kutscher, mit dem Zigeunerpferd uns nachgekommen und sah, daß der Handel rückgängig war. Hörte auch was von Abstandsgeld. Er kam ganz aus dem Häuschen.

»Gnädiger Herr! Gnädiger Herr! Tun Sie mir das nicht an, daß die Zigeuner so davonkommen. Alle Welt wird uns verlachen. Lassen Sie mich wenigstens dem Schulzen eine Ohrfeige geben.«

»Gut«, sagte Papa, »gib ihm eine!«

Matthes ging hin, packte den Herrn Zigeuner am Hals und hieb ihm eine hinein — ein gläubiger Christ wäre blind davon geworden. Und weil Matthes schon einmal angefangen hatte, umkrallte er auch den andern Zigeuner, reckte ihn hoch und firmte ihn. Und er erfaßte die Zigeunerin und maß ihr eine an. Er hob den ältesten Sohn aus dem Wagen, hielt ihn in der Luft hoch und prackte ihn nieder. Eben wollte er nach der Zigeunermutter langen.

»Halt«, rief Papa, »du wirst dich überanstrengen.«

Auf dem Zigeunerkarren war großer Jammer — ich weinte nicht weniger. Ich fürchtete mich sehr. Papa aber streichelte mich nur, beruhigte mich und freute sich, daß er sein Geld wieder hatte.

»Mein Sohn«, sagte er, »du hast eine Dummheit gemacht — darum brauchst du nicht zu heulen. Wenn jeder heulen wollte, der eine Dummheit macht, wäre die Welt ziemlich geräuschvoll. Trockne deine Zähren und bedenke: in zwei Wochen ist dein Geburtstag. Rate, was Papa dir schenken wird?«

»Ein Pony?«

»Ganz richtig, mein Sohn. Und keines mit Spat und Drüsen. Es wird auch erheblich billiger sein als dein Zigeunerkrampen.«

Jani

Papa war auf den Markt nach Gutta gefahren — am Morgen meines Geburtstags stand das Pony vor meinem Fenster. Es stand aber nicht gern, Matthes und der Schmied mußten es halten. Denn Papa hatte die Gradiner Böhmen zum Ständchen bestellt, die bliesen das Pferd scheu.

»Marius, mein Sohn«, sprach Papa, »hier übergebe ich dir dein Geschenk, das Pferd. Sieh es dir genau an: Es stellt ein gehaltenes Versprechen dar, und derlei wird dir im Leben nicht mehr oft begegnen. Einundvierzig Gulden hat es gekostet und zwei Maß Wein, mein Sohn, und ist noch jung. Ich lasse dir einen Wagen dazu bauen. Du wirst damit vorsichtig fahren, und wenn du umwirfst, heb den Wagen wieder auf. Deiner Tante Barbara aber sag kein Wort davon, wenn sie mal zu uns kommen sollte; denn deine Tante ist imstande, sich um dich zu ängstigen.«

Ich küßte Papa schweigend die Hand, übervoll von Glück, lief zu meinem Pferd und musterte es von allen Seiten.

Soll ich es verschweigen? Ich war enttäuscht.

Papa merkte mir den Unmut an.

»Wie — gefällt dir der Kerl nicht? Warte nur,

warte, mein Sohn, bis er geputzt ist und ein paar Körner gefressen hat! Dann hast du das schönste Tier im Komitat. Allen Bauern wirst du damit vorfahren; wenn aber der Herr Graf daherkommt, weichst du höflich zur Seite und läßt ihn passieren — das schickt sich, mein Sohn. Die Mähne werden wir im Bogen stutzen, aber den Schweif, nein, den lassen wir stehen, damit sich das Pferd die Fliegen scheuchen kann.«

Mein Pony hatte ich also; auch ein prächtiges Geschirr mit silbernen Schlüsseln, Naturstutzen und einem Gehänge. Es reichte dem Pferd schier bis an die Knie. Mit dem Ausfahren hatte es seine guten Wege.

Mein armes Fohlen durfte nicht einmal in den Stall zu Papas Pferden, Favorite, Amazone und Macbeth — es sollte erst einen Monat draußen mit den Schweinen weiden. Der Schmied ging täglich hin und salbte das Fohlen von der Schnauze bis zu den Hinterstollen.

Nach einem Monat hatte mein Pony keine Mähne mehr, keinen Schweif und kein Deckhaar; doch was Papa hatte wegbringen wollen, war wirklich mit verschwunden: die Räude. Das Pferdchen sah aus wie der Dingo im Brehm: mager, elend, nackt — zum Erbarmen.

»Junker, wann reiten Sie Ihren prächtigen Hengst spazieren?« neckten mich die Kutscher, sooft ich an ihnen vorbeikam. Darüber wurde ich ärgerlich und mochte den Gaul nicht ausstehen.

»Laß sie reden«, sagte Papa. »Das Pferd ist dreieinviertel Jahr alt, fehlerlos und wird das beste auf der Pußta. Nur Geduld, Marius!«

Ja, Geduld! Nach zwei oder drei Wochen begann dem Gaul die Decke zu wachsen. Nun sah er schreckenerregend aus.

»Papa, wirst sehen, er bleibt so fleckig.«

»Nur Geduld, Marius! Samtschwarz wird er, das schönste und schnellste Pferd im ganzen Land.«

Unterdessen hatte ich mich an den Anblick des Ungetüms gewöhnt, ihm auch hie und da Rüben gebracht. Er verschlang sie mit Heißhunger. Er verschlang überhaupt alles — gierig wie ein Wolf: den Hafer vor sich, das Heu über, das Stroh unter sich. Er wetzte an der Krippe und tanzte und webte wie toll, wenn Futterzeit war. Er wurde rund und runder, mein Gesicht vor Freude breit und breiter. Ich führte ihn an der Longe spazieren, und mehr als einmal riß er mich um; das gab dann einen Feiertag für mich, denn nun glaubte ich an Papas Weissagungen.

Als man Mais brach, hatte das Pferdchen sein Winterhaar, so schwarz wie meines Vetters Lackstiefel. Zu Weihnachten kriegte ich einen Wagen und durfte ausfahren. Allerdings: in den ersten Tagen lenkte Papa, wieder ein paar Wochen Matthes, der Paradekutscher. Endlich im Frühjahr ich.

Über dies Ereignis schrieb ich folgenden Brief — mein Vater hat mir den Brief wiedergebracht —, ich hab ihn noch heute, er liegt vor mir:

Pußta, Ilintzi, 21. Februar

Lieber Vetter Kolinsky Artur, Kadettenschüler (Kawalerie) in Weißkirchen!

Der Jani ist schon schön schwarz und wiehert sehr und lauft wie närrisch und Lisi, was jetzt unsre Köchin is fahrt nicht mit um kein Preis. Sie sagt ich wer umschmeißen lieber Artur schreib mir gleich sofort und der Michel und der kleine Stephan der was bei die Schweine ist und der Matthes lassen dich schön grüßen.

Gruß und Kuß
Maria

Jani hieß mein Pferd; es zog wie eine Schraube und ging wie aus der Pistole geschossen. Alle Welt sagte, es wäre hundert Gulden wert.

Papa hatte eine schwere Hand, er verkaufte zäh. Wenn der Herr Rote Kohn wollte einen Waggon Weizen um fünf Gulden billiger haben, brauchte er Papa nur zu sagen, wie gut ich kutschiere: »Wie der Paradekutscher des Bischofs.«

»Nein, des Königs«, antwortete Papa.

Bei Gott, ich hatte es auch nötig. Es gab kein launisches Pferd, vor dem Jani nicht etliche Unarten voraus hatte. Jani haßte Wasserlachen; schwarze Gegenstände jeglicher Art; den Vollmond; Musik, Feuer; Schüsse; bellende Hunde und allerlei anderes Getier; vor allem die Ziegen.

Sowie eine Ziege auftauchte, floh Jani wie besessen. Er biß sich in die Trense ein, und ich mochte festhalten wie eine Eisenklammer: Der kleine Wagen flog hinterdrein, an den Zügeln fortgeschleppt, schief und grad, schwankend und rollend, ein sturmgejagtes Schiff.

Ich sprach von meinen Fahrabenteuern nicht — ich fürchtete, Papa könnte mir das Pferd wieder nehmen. Und ich liebte es so sehr. Vom Morgen an saß ich im Stall auf dem Streifbaum bei Jani und umhalste ihn und fütterte ihn und schmiegte mich an seine sammetweiche Schnauze.

Unser Nachbar, Herr Geyer, war zu uns zu Besuch gekommen. Herr Geyer hatte einen großen Hof bei Gradina, und nebenher war er Hageltaxator, »Generalagent der Versicherungsgesellschaft Danubia«. Die Leute nannten ihn den Herrn General.

Ein heißer Tag. Der Oberknecht läutete eben zur Mittagsfütterung, und einige Fohlen, die gewohnt waren, zu dieser Stunde ihr bißchen Hafer zu bekommen, galoppierten ungeduldig im Hof.

General Geyer schwitzte. Er sah durchs Fenster — heller Sonnenschein am Himmel.

»Danken Sie Gott, daß Sie keinen Hagel gekriegt haben«, sagte Herr Geyer zu Papa. »Ich war außer mir vor Unruhe um Sie — seit Sie die Versicherungspolice zurückgeschickt haben.«

»Sie war zu teuer — und Sie sehen ja, daß nichts geschehen ist«, antwortete Papa.

Ich öffnete schon den Mund, um was zu sagen — da trat mir Papa barbarisch auf den Fuß. Nämlich: Es war Schwindel, Papa hatte die Police noch gar nicht zurückgeschickt — er hatte es gestern versäumt —, der Kutscher wird sie erst heute nachmittag auf die Post bringen. Doch Herr Geyer darf das nicht erfahren — sonst muß Papa die Police unweigerlich nehmen.

»Morgen beginnen Sie also mit dem Schnitt?« fragte der General. »Dann haben Sie für dieses Jahr ausgesorgt. Man soll aber das Glück kein zweitesmal versuchen — fünfzigtausend Gulden hätte Ihnen ein Hagel niederschlagen können. Meine Parole ist: Vorsicht! Vorsicht ist die Mutter der Weisheit.«

»Gut, Herr Geyer«, sagte Papa, »halten Sie sich an die Mutter — ich geh mit der Tochter.« Und raunte mir zu: »Marius, du läßt sofort deinen Jani anspannen und bringst mir den Schwätzer weg. Aber höre: Wenn du unterwegs unsern Matthes einholst — er reitet eben mit der Police nach Gradina —, untersteh dich nicht, anzuhalten, und wenn dir der Hagelgeneral die ewige Seligkeit verspricht.«

»Ich werde schon nicht halten, Papa.«

Ein paar Minuten darauf war Jani angespannt. Herr Geyer zierte sich — er wolle das Fräulein doch nicht bemühen, er gehe zu Fuß . . .

»Nur Hunde gehen zu Fuß«, sagte Papa. »Generale fahren.«

Und Geyer stieg ein. Er wäre noch gern geblieben.

Unsern Matthes holten wir nach zehn Minuten ein. Herr Geyer hatte keinen Verdacht und verlangte nicht, anzuhalten. Ich hatte auch gut acht auf Jani und brachte Herrn Geyer glücklich zu seinen Lieben.

Auf der Geyer-Pußta, Magodinowitz, nötigten sie mich, zu rasten. Es wäre so stechend heiß. Frau Geyer schenkte mir ein Glas Limonade.

»Was?« fragte sie. »Ihr fangt morgen an zu mähen?«

»Ja, wenn es trocken bleibt. Heute früh hat das Aneroid hoch genug gestanden.«

»Und jetzt? Ist es gestiegen?«

Geyer stand auf und warf einen Blick auf sein Orakel.

»Mischi, hast nit wieder am Zeigerl gerührt?« wandte er sich an seinen Ältesten. Allerseits: Nein. Die Kinder saßen artig bei Tisch — weder Mischi noch sonst jemand hatte seine Finger am Aneroid gehabt.

Geyer sagte nichts und ging hinaus auf die Veranda. Da sah er — er hat es später erzählt — eine Federwolke wie einen Flaum senkrecht emporsteigen.

Geyer schrie seinen Knechten zu: »He, Karriere nach dem Heuschober und alles zudecken!«

Ich war auf die Veranda nachgekommen und wollte fragen, ob es Regen geben würde, doch die Frage erstarb mir auf den Lippen: Drohend über dem Wetterwinkel, dem Westrand des Gebirges, stand eine schwarze Riesenmasse von Wolkenballen.

Im Augenblick, ohne Abschied, saß ich im Wägelchen.

»Was fällt Ihnen ein, Junker? An ein Nachhausefahren ist nicht zu denken.«

»Ach was, ein Regenguß schadet mir nicht.«

»Es ist aber Eis«, plärrte mir Frau Geyer nach — da fuhr ich schon.

Oh, ich wußte genau, wohin ich wollte: nach Gradina — Matthes abfangen und ihm die Police abnehmen. Hat Papa die Police in der Hand, muß die Gesellschaft zahlen.

Kaum war ich aus der Geyer-Pußta, da erhob sich eine Windhose und wirbelte allen Staub der Straße, den Kehricht und das lose Stroh hoch auf als undurchdringliche Mauer. Ein kalter Luftzug wehte dazwischen, von schweren Tropfen begleitet, und es zuckte ein Blitz. Jani zog wie besessen. Wenn jetzt noch ein Donner kommt, dachte ich mir, geht mir der Racker durch. Doch kein Donner folgte.

Die Weiber in Dugamedja holten jaulend die Federbetten von den Zäunen und trieben das Geflügel ein. Die Wetterglocke bimmelte.

Vor dem Wirtshaus in Dugamedja, unter dem Flugdach, sah ich einen Schimmel angebunden — Matthes hatte das Unwetter kommen sehen und gedachte es hier abzuwarten. Ich gesellte mich zu ihm. Er hatte die Police noch.

Schon pickten die ersten Schoßen an die Fenster. Wirtin und Magd beeilten sich, die Läden zu schließen — zu spät. Ein Gedröhne und Gepolter erhob sich, wie tausend Pfeile prasselten die Schloßen ins Zimmer. Die Scheiben klirrten, das Wasser strömte nach. Vorhänge rissen, niemand konnte ans Fenster treten. Türen krachten in die Schlösser, zerbrochen schmetterten Spiegel und Tassen. Man mußte in die östlichen Stuben flüchten.

Draußen wütete der Sturm immer ärger. Die Ziegel flogen vom Dach, hühnereigroße Eisstücke hatten sie in Stücke geschlagen. Das Haus zitterte.

Die Wirtin hatte eine Kerze angezündet, saß im Halbdunkel und betete. Der Sturm schmiß immer neue Ballen von Eis und Wasser an die Fenster, ungestüm und zornig.

Plötzlich ein greller Schein, ein Donner wie aus Erzschlünden — es hatte in die Pappel gegenüber eingeschlagen.

Alle waren vor Schreck erstarrt.

Und horch! Neuer Lärm.

Brüllend und stampfend, wiehernd und fliehend rasten die Herden blutig geschlagen von der Weide ins Dorf, rasten wild in ihre Stallungen, gesenkten Kopfes. An Bäume und Zäune rannten sie an, sich überstürzend, stoßend, zermalmend. Durch das offene Tor, über die Gestürzten weg, lief neues Vieh, von den Schloßen gejagt.

Noch ein gewaltiger Wolkenbruch von Eis — dann wurde es langsam hell und friedlicher. Zwar strömte noch der Regen, noch rollte der Donner, doch die schreckliche Verwüstung war beendet.

Der Wirtin traten die Tränen in die Augen; sie schluchzte laut auf und ging aus dem Zimmer.

Der Wirt saß stumm im Armstuhl und blickte hinaus in die Landschaft. Die letzten Tropfen fielen, ungeheurer Dampf wallte von den Feldern. Der sonnenerhitzte Boden rauchte nun, da ihn das Wasser begossen hatte.

Der Rinderhirt kam und stöhnte, daß achtzehn

Stück der Herde mit zerschmetterten Schädeln verendet wären. Achtzehn — so viel habe er gesehen. Noch einmal achtzehn lägen wohl ostwärts blutend auf der Straße. Der Fohlenhirt — das Blut rann ihm aus einer tiefen Kopfwunde über das Gesicht — hatte nicht viel Besseres zu melden.

Ich fuhr hinaus.

Das Dorf: als hätte man es bombardiert; die Schindeldächer durchlöchert, die Fenster zerbrochen, die Bäume entblättert, Weg und Steg von ihrem Gezweig bedeckt. Gelb rann das Wasser vom Landweg in die schmutzigen, rauschenden Gräben.

Jani spritzte und platschte im lehmigen Brei. Rings trostlose Saatfelder, zerstampft von Tatarenhorden. Der Mais stand zum Teil noch aufrecht, seine Blüten waren geknickt. Der Weizen lag wie Linnen auf der Bleiche. Die Rübenblätter hatte der Hagel an die Schollen genagelt und die Köpfe tausendfach geschrammt. In den Furchen lagen wie kristallene Haselnüsse die schmelzenden Reste der Eisstücke.

Von der bestockten Heide lief eben ein Rudel lahmer, irrer Schafe mit blutigen Vliesen über den Weg. Auch ein Pferd begegnete mir; statt dem Wagen auszuweichen, legte es sich keuchend in den Straßenschmutz. Aus dem zerschlagenen Weizen schreckten die Schweine wie Hasen auf und flüchteten.

Auf den Bauernfeldern standen wehklagend die armen Leute.

Ich ließ die Peitsche sausen — Jani trabte, was er konnte, gleitend und schlüpfend nach Haus.

Vom Unwetter erregt, voll Sehnsucht nach seinem Stall, griff er aus und kam ins Galoppieren.

Zuerst noch ganz ruhig. Dann kam ein Gespann hinter uns her — nun gab es kein Halten mehr. Jani raste fort, fort wie die unheilige Jagd. Das andere Gespann folgte — Jani, der den Wagen hinter sich rattern hörte, immer toller. An der Weggabel, dicht vor Ilintzi, neben der Schlucht, geriet ich von der Straße. Mein kleines Gefährt kippte an einer Baumwurzel um. Ich stürzte — ohne die Zügel loszulassen. Ein Rad flog in die Schlucht — der ganze Wagen — Stränge und Deichsel waren zerrissen und zerbrochen — Jani — und ich.

Eine Stimme hatte geschrien: »Auslassen! Zügel auslassen!« Ich wußte auch: das war Papa. Er war wohl hinausgefahren, um mich zu suchen.

Ich lag da und konnte mich nicht rühren. Das Gesicht blutig, das Kleid beschmutzt, in Fetzen. Der Arm war geschunden, er hing schlaff herab ins glucksende Regenwasser.

Papa hob mich aus dem Wacholderbusch, an dem ich hängengeblieben war, und wollte mich ins Gras betten. Ich stand aber auf, stumm und beklommen. Mit der heilen Hand wischte ich mir den Lehm aus den Augen.

»Schmerzt dich etwas?« fragte Papa.

»So ein Lump, der Jani! Wo ist er?«

Wir stiegen nieder zu ihm. Er lag unten in der Schlucht und streckte Beine und Kopf von sich.

»Tot?« Nein, tot war er nicht. Es hatte aber nicht viel gefehlt.

Da sagte ich: »Siehst du, Jani, wohin es führt, wenn man nicht gehorcht?«

»Und du, Marius! Warum hast du nicht die Zügel freigegeben?«

Ich brauste auf: »Zum Teufel, Papa, hat dir noch nie jemand was zu Trotz getan, daß du nicht weißt, wie man zurücktrotzt?«

Das Fräulein

Die Verwandten mußten von dem Hagelschlag gehört haben — schon am anderen Tag rückte Tante Barbara an, »um dem lieben Schwager in seiner Not zu raten«.

»Ein Unglück kommt halt selten allein«, murmelte Papa und half ihr aus dem Wagen.

Raten wollte sie? Sie? Meinem Papa? Papa brauchte Tantchens Rat wahrhaftig nicht. Die Schloßen lagen noch eiskalt da, da war Papa schon ausgerückt mit Kutschern und Hirten, zu Pferde und zu Fuß. Und alle mußten ihre großen Peitschen mitnehmen. So zog man längs der Linien, der Straßen, und wo vom Weizen noch was stehengeblieben war, das stampfte man und peitsche es in breiten Streifen nieder.

Ich riß die Augen auf und verstand nicht, was das sollte.

»Mein Sohn«, sagte Papa. »Jeder Mensch hat sein Pläsier. Wenn General Geyer uns taxieren kommt, um zu sehen, welche Entschädigung uns die Versicherungsgesellschaft bezahlen muß, wäre er vielleicht betrübt, wenig Schaden zu finden. Mindestens an der Straße, wo er es sieht, soll der gute Mann auf seine Rechnung kommen, und weiter hinein in die Felder zu forschen, davon wollen wir ihn mit freundlichen Reden abhalten; er könnte sich die Füße verstauchen.«

Als Tantchen die Verwüstung überschaute, da kamen ihr die Tränen.

Papa tröstete sie.

»Ach, lieber Schwager, laß mich weinen! Dieser Ruin durch Gottes Fügung! Und deine kleine Tochter! Den Arm in der Binde.«

Ich rief: »Tante, du winselst ja wie ein Schloßhund!«

Da hatte sie einen dritten Grund zum Weinen, indem ihr Herz darüber bräche, daß ihrer Schwester einzige Tochter so verroht ist.

»Ich bin zwar«, sagte ich, »Papas ältester Sohn — doch das wirst du nie verstehen, barbarische Tante.«

Nun wurde die Tante erst recht aufgeregt. Das sei keine Erziehung, sagte sie, so benehme sich ein junges Mädchen nicht, und ich müßte unbedingt ein Fräulein haben.

Tante blieb drei Tage. Das Thema vom Fräulein blieb auf dem Tapet.

Papa widersetzte sich entschieden. Er fand, daß ich genug Wissen sammelte, wo ich doch beinahe täglich zwei Stunden vom Dorfschullehrer unterrichtet werde. Er selbst hätte seine erste Weisheit aus demselben Born geschöpft.

Darum wäre Papa auch nur Landwirt geworden und nicht Rechtsanwalt wie Tante Barbaras Mann.

»Ja«, sagte Papa, »Rechtsanwalt sein ist freilich besser — doch dazu muß man Begabung haben. Und

Begabungen sind äußerst selten; die meisten Rechtsanwälte haben keine Begabung — das merken sie aber nicht, das merken nur die Klienten.«

Papa hatte nämlich unlängst durch Onkel Heinrichs Schuld einen Prozeß verloren.

Tante Barbara lenkte ab.

»Das wichtigste der modernen Bildung sind die Sprachen«, rief sie.

»Es ist nicht unbedingt nötig, daß man in mehreren Sprachen zeigt, wie albern man ist.«

Sie hielt Papa einen Vortrag über Vaterpflichten und die Annehmlichkeit, in dieser Einöde ein gebildetes Wesen um sich zu haben. Durch den immerwährenden Umgang mit Kutschern, Knechten und Arbeitern — da müsse man verkommen.

»Oh«, sagte Papa, »ich verkehre ja auch viel mit Tanten . . .«

Er wurde leider unterbrochen. Tante Barbara schlug die Tür hinter sich zu, daß der Schornstein wackelte.

Sie kam wieder und entschuldigte sich mit dem Luftzug. Und begann wieder von der Erziehung.

Nun wurde Papa fuchsteufelswild und forderte Tantchen auf, den Gegenstand des Gesprächs zu wechseln. Er beruhigte sich endlich und vermied mit Fleiß jede Möglichkeit einer Anknüpfung.

Tantchen sagte, sie würde am anderen Tag abreisen — ich war sehr froh darüber und dachte mir vor lauter Freude eine Abschiedsüberraschung für Tantchen aus.

Es kam aber nicht dazu. Papa hatte zufällig die

Lade abgeschlossen, worin er das Brausepulver verwahrte.

Ehe Tantchen abfuhr, kam sie nochmals auf die Sache zu sprechen, die ihr so sehr am Herzen lag.

»Ein letztes Wort, Schwager . . .«

»Gut«, sagte Papa und sandte einen Blick zur Zimmerdecke, »aber ein letztes . . .«

»Laß sie nicht ganz verwildern. Ich bin ihre Tante.«

Papa — ihm war natürlich nicht eingefallen, diese Würde für sich in Anspruch zu nehmen.

Tantchen sprach noch ein halbes Hundert letzte Worte, bis ihr die Puste ausging.

»Sie muß ein Fräulein kriegen, und Klavierspielen lernen wird sie und Handarbeiten und fremde Sprachen. Französisch vor allem. Französisch gehört zur Erziehung wie . . . wie . . .«

»Der Mist zum Ackerbau«, half ich aus.

Papa zog ihr den Mantel an und drängte sie mit Verbeugungen und Handküssen schrittweise zur Tür hinaus, die Verandastufen hinab, über den Kiesweg, durch das Gartentor — und dann saß Tante Barbara im Wagen.

»Sie muß lernen — Französisch — Klavier . . .«, hustete die Tante, »ein Fräulein — fremde Sprachen . . .«

Papa winkte, und der Wagen fuhr los.

Drei Tage darauf empfingen wir vornehmen Besuch: den Baron Heinau aus Essegg mit einem fremden Herrn.

Sie wollten Pferde kaufen. Papa ließ ihnen die Butterfly vorführen.

Der fremde Herr befühlte und betastete die Stute — ich fürchtete schon, er würde entdecken, daß sie einen Sehnenklapp hatte. Und er riß immer wieder an seiner Kneiferschnur.

Da fiel der Kneifer runter, und der fremde Herr konnte nichts sehen. Baron Heinau aber versteht von Pferden nichts.

»Wie eißen der Pferd?« fragte der Fremde. Er sprach sehr komisch, weil er ein Franzose war.

»Butterfly«, sagte ich.

»So, Bötterflei.«

Da merkte ich, daß der Herr nicht nur ein Franzose war, sondern auch ein Strohkopf.

Papa forderte siebzehnhundert Gulden, Baron Heinau bot elfhundert. Ich lief fort.

Als ich zurückkam, sagte Papa eben vierzehnhundertfünfzig und der Baron zwölfhundertfünfundzwanzig.

Der Fremde aber redete zum Baron in einer andern Sprache. Ich mußte lachen — es klang wie: »Käsklakarankakätsch.«

Papa blickte mich ungeduldig an und sprach: »Baron, ein letztes Wort: dreizehnhundertneunzig.«

Ich dachte an Tante Barbara und ihre langen letzten Worte und lief noch einmal weg.

Ich fand eine tote Schlange, versteckte sie in der Köchin ihrem Bett und kam noch zur rechten Zeit zurück: Papa und der Baron waren um einhundertzehn Gulden auseinander.

Der fremde Herr sagte wieder: »Käsklakaranka-kätsch« und trat von einem Fuß auf den anderen.

»Dreizehnhundertfünfundsiebzig«, rief Papa, »und wenn Kaisers Gevatter käme, laß ich ihm das Pferd nicht billiger.«

Der Baron wollte was sagen. Der fremde Herr flüsterte: »Känßanolala«, der Baron antwortete etwas Ähnliches.

Und er drückte richtig so lange, bis Papa auf dreizehnhundert einschlug.

Nachher, als wir beim Kaffee saßen, machte der Baron ein ganz gemeines Gesicht und sprach: »Ich habe doch gewonnen. Nämlich mein Freund, der Marquis, hat schon immer gesagt, Sie werden 's Pferd nicht hergeben, Herr Roda — und wollte Ihnen fünfzehnhundert zahlen. Aber ich hab mit ihm um hundert Zigarren gewettet, Sie lassen mit sich reden.«

Papa war sprachlos vor Ärger. Sprachlos. Zwei Tage.

Nach zwei Tagen rief er: »Das dümmste Weib kann noch einen Sohn haben und einen gescheiten Gedanken. Marius, deine Tante hat recht — der Mensch muß Französisch können.«

Das sah ich selber ein.

Papa sagte, er würde nach Essegg fahren — zu Madame Scheuer — wegen des Fräuleins.

»Ich fahre mit«, rief ich sofort.

Papa fand es überflüssig, Kinder hätten da nicht mitzureden.

»Oho«, sagte ich, »wenn ich schon ein Fräulein

bekomme, dann muß es eine nach meinem Geschmack sein: sehr schön und gut und Zirazara muß sie heißen.«

»Wie?« fragte Papa.

»Zirazara Zikazaka.«

»Kind, du bist ja ganz auf den Kopf gefallen.«

Wir fuhren nach Essegg.

Madame Scheuer empfing uns liebevoll. Sie war eine mächtige Dame mit weißem Lockenhaupt, mit Brillanten und knisternden Seidengewändern.

»Ah, Monsieur wünßen eine Dame? Versstehe. Bon, eine elegante, amüsante, interessante, charmante Dame. Zur Gesellßaft von die gnädige Frau. — Nein? Nur zu Kinder? Kinderken sind auch da? Aber das ist ja reißend! Ein Mädken? Wie 'übß! Ja, die Kinderseele müssen früh die ersten Stufen von der Wissenßaft erklimmen. Spraken? Natürlich sprikt die Dame eine Sprake. Selbstverständlich. Oh, Monsieur at Glück. Eben sein eine Dame frei, die in Stellung war bei die Comte . . . die Comte . . . der Name sein mir momentan entfallen. Eine vornehme, gebildete Dame. Sie wird sich Ihnen vorstellen — jawohl.«

Ich hörte, wie Madame Scheuer im Nebenzimmer zum Fräulein sprach: »Stellen S' sich halt vor. Er is ein reicher Landwirt oder so was — wissen S' —, Gutsbesitzer vielleicht, von harmlosem Charakter. Haben noch nie eine Gouvernante gehabt. Reden S' halt! Sie haben ja ein ganz gutes Mundwerk. Und zu einem Herrn — ohne Dame . . . das ist doch was für Sie.«

Das Fräulein war farblos. Das Haar hellblond, die Augen wasserblau, das Gesicht glatt.

»Monsieur«, sagte das Fräulein, »ich bin bereit, mich Ihrem geschätzten Haus zu widmen. Ich sehe mehr auf gute Behandlung als auf Gehalt. Deshalb beanspruche ich nur fünfzig Gulden monatlich, ein eigenes Zimmer, standesgemäße Bedienung und jährlich einen Monat Urlaub.«

»Sonst nichts?« fragte Papa.

»Nein, Monsieur — nur noch jene Achtung, die einer gebildeten Dame gebührt.«

Papa sagte: ja. Zu Haus war er entschieden schärfer. Allerdings: unter so viel Weibern — was sollte er sagen?

Papa gab dem Fräulein die Reisespesen bis Gutta, unserer Bahnstation, und das Fräulein wollte gehen.

»Haben Sie ... haben Sie kein Dienstbuch, Fräulein?«

»Ein Dienstbuch?« fragte frostig Fräulein Amelie Tragace. Nein, das hätte sie natürlich nicht. Die Zeugnisse würde Madame Scheuer einsenden.

Papa und ich reisten heim.

Sonntag darauf wurde ich gebadet, kriegte ein blaues Haarband um, und Lisi, die Köchin, suchte mich durch frohlockende Rufe zu erwärmen: »Kind, freu dich, heute kommt dein Fräulein.«

Ich freute mich nicht sehr.

Endlich war der große Augenblick gekommen. Matthes fuhr in kühnem Bogen die Rampe hinan. Auf der Treppe standen Papa und ich zur Begrüßung.

Schon beim festlichen Frühstück entwickelte das Fräulein ihre Pläne. »Das Kind« dürfe nicht überanstrengt werden. Ich sollte spielend Französisch lernen.

Fräulein Amelie zog sich aber gleich mit einer Migräne in ihr Gemach zurück. Die Migräne dauerte drei Tage. Nach drei Tagen erhob sich Fräulein Amelie neu gekräftigt von ihrem Lager.

Sie war nicht schlimm. Bloß komisch.

Als ich sie in den Stall führte, sah sie scheu links und rechts.

Ich zeigte ihr meinen Jani und sagte: »Streicheln Sie ihn ein bißchen! Wenn Sie sagen ›bitti, bitti‹, dann hebt er den Vorderhuf.«

Jani hob ein wenig den Fuß, und das Fräulein schrie wie ein Truthahn beim Schlachten.

Jani hatte sich nur die Fliegen unter dem Bauch wegtreten wollen — als das Fräulein so laut schrie, erschrak er und setzte aus.

Da kreischte das Fräulein noch viel lauter: Sie wolle nichts von Pferden wissen — die beißen vorn, und hinten schlagen sie.

Ich erzählte es Papa. Er lachte und sagte: »Macht nix — als Paradekutscher brauchen wir sie ja nicht. Lern nur deine Lektionen, mein Sohn, damit uns die Barone nicht mehr foppen.«

Ich lernte auch ganz fleißig — zwei Stunden vormittag, zwei Stunden nach Tisch.

Nach ein paar Wochen konnte ich schon was. Da kam Tante Barbara und war sehr zufrieden.

Ich auch und 's Fräulein am meisten.

Tante Barbara ergötzte sich am Wohlklang einer Sprache, die sie nicht verstand. Sie ahnte nicht, daß es mir besonders gefiel, zum Fräulein über die Tante zu sprechen.

Und ich kann nur sagen, ich hatte das Fräulein recht liebgewonnen.

Da kam auch Onkel Heinrich als Gast.

Wir frühstückten auf der Terrasse. Das Fräulein war in ihrem Zimmer geblieben, weil sie wieder Migräne hatte. Tante Barbara erzählte von ihr und ihren Erfolgen.

»Na, Kleine, was kannst du denn schon alles?« fragte der Onkel. »Sag mir einen französischen Satz!«

Ich schwieg — mir fiel auf der Stelle nichts Passendes ein.

»Wenn du mich schön bitten kannst, dann geb ich dir das, was ich dir mitgebracht habe.«

»Maria!« mahnte die Tante.

»Marius!« ermunterte Papa.

»Also — je vous prie, cher oncle ...«, begann Onkel Heinrich.

»Ah«, sagte ich, »nicht Scheene Brüh, Scheermockl.« Und ich sprach stolz: »Ponjischenje prosim, dejte mi, tscho ste mi prinesl!«

Zuerst war Onkel Heinrich starr. Dann begann er zu lachen und lachte — lachte wie toll. Als er zu Atem gekommen war, platzte er los: »Wißt ihr, was sie redet? Slowakisch redet sie. — Französisch, ha, ha! Französisch soll das sein? Unglaublich. Nein, so was!«

Tante Barbara sah ihn entgeistert an.

»Woher ist sie denn, eure Französin?«

Papa blickte nach der Tante, die Tante auf den Onkel. Dann erinnerte sich Papa des versiegelten Umschlags mit Fräulein Amelies Papieren — Madame Scheuer hatte sie ja eingesendet. Papa und Tante stürzten auf den Schreibtisch zu und rissen den Umschlag auf, der hatte seit dreiviertel Jahren friedlich in der untersten Schublade gelegen.

Da blieb kein Zweifel: Das Fräulein hieß Amalie Tragatsch und war im Trentschiner Komitat geboren. Sie war eine Slowakin, ihre Mutter war eine Slowakin gewesen, der Vater ein Slowak. Bevor sie zu uns als Französin kam, war sie irgendwo bei einem Grafen Wäschebeschließerin gewesen.

Fräulein Amelie Tragace fuhr zwei Stunden später auf die Bahn.

Und Papa bekam die einzige Migräne seines Lebens. Er legte sich zu Bett und stand nicht auf, ehe Onkel Heinrich und Tante Barbara den Hofzaun im Rücken hatten.

Die Lederflinte

Nicht weit von der Ilintzipußta lebte ein sonderbarer Kauz. Er hieß Wenzel von Jonak, schrieb aber Jonac, weil ihm sein wirklicher Name zu gewöhnlich erschien. Nun heißt aber ein Affe auf kroatisch Jopac und ein Ochse Junac — Anlaß genug für boshafte Leute, den alten Herrn bis aufs Blut zu necken.

Jonac hatte einen Besitz unterhalb von Ilintzi. Kein Latifundium: ein kreuzlahmer Schimmel konnte an einem einzigen Vormittag alle Grenzen abtraben. Und Jonacs Besitz lag gerade wie Chile mit der längsten Seite am Wasser. Das Wasser war ungebärdig genug, zweimal im Jahr den Papierkorb aus Herrn Jonacs Wirtschaftskanzlei zu schwemmen.

Herr von Jonac war also ein recht armer Teufel. Sommers und winters trug er denselben Rock, aß Knoblauch mit Maisbrot oder Maisbrot mit Knoblauch, je nachdem, ob das Wetter kalt oder warm war, und pflügte seinen Acker mit zwei Joch Ochsen, die jeden Rain auswendig wußten.

Und trotzdem zählte der alte Jonac zur Gesellschaft. Das machte sein Zug ins Großartige. Jonac war nämlich auch ein ganzer Weltweiser. Er leugnete alles, was er mit Händen greifen konnte, und glaubte nur an Unsichtbares. Er hatte freilich kein Barometer, um das Wetter vorher zu wissen; doch nicht aus Armut, wie die andern meinten, sondern nur, weil die Barometer samt und sonders nichts taugten. Allerdings blies der Wind durch alle Fugen in Jonacs Haus, nein, in das Schlößchen; Jonac ließ die Fugen offen — nicht aus Geldmangel, sondern weil frische Luft gesund ist. Auf Jonacs Pußta war noch niemals ein Räuber erschienen: keineswegs, weil es da nichts zu holen gab, sondern selbst der berühmte Bakonja fürchtete Jonacs Flinte. Jonac hatte steinalte Ochsen: weil der Humus durch sehr langsames Ackern erst richtig gebröselt und fruchtbar wird. Er hatte nur einen Knecht, der war zugleich Schaffner, Diener, Jagdhüter und Hirt — weil eine Wirtschaft einheitlicher Leitung bedarf.

Jagdhüter! Du meine Güte! Wenzel Jonac hatte natürlich auch kein Jagdrecht. Doch nicht etwa, weil sein Grund so klein war — nein, weil die Gesetze unvollkommen sind.

Nun ist es ein uraltes Recht des landsässigen Adels, wider schlechte Gesetze mit bewaffneter Hand aufzustehen — und das tat Jonac, indem er einfach einen alten Vorderlader ergriff und jagte. Er schoß Enten, die sich in seinen Sumpf verirrten, Bekassinen, hie und da ein Häschen, einen Reiher, alle fünf Jahr auch eine Fehe, die vor Lebensüberdruß ins Wasser gegangen war.

Die Anrainer duldeten es still und lächelten dazu, weil sie mußten. Wollt einer mit Jonac Finger ziehen, so blieb der Alte von der nächsten Jagd auf der Nachbarpußta aus, und der Streithans hatte das Nachsehen. Denn eine Jagd ohne Jonac war wie Speck ohne Salz, wie Kuchen ohne Schmalz, wie ein Frühling ohne Liebe.

Überallhin lud man den Alten mit seinem Vorderlader. Man freute sich, wenn er sich hänseln ließ, und freute sich doppelt, wenn er sich wehrte. Man sagte Neulingen, er wäre schwerhörig, und tanzte auf einem Bein vor Vergnügen, wenn sie wie die Büffel brüllten, um sich ihm verständlich zu machen. Oder man gab ihn für einen närrischen Exzellenzherrn aus und ergötzte sich an den Bukkerln der Sonntagsjäger aus der Stadt. Einem Doktor aus Essegg, der fremd in der Gegend war, redete man gar ein, der alte Jonac wäre eigentlich Obmann der Treiber und beanspruche nach der Jagd ein Trinkgeld. Von der Antwort, die Jonac dem Doktor damals gab, erzählte man sich noch jahrelang im ganzen Komitat.

Eines Tages nun war Kreisjagd auf unserem Hotter gewesen, und wie das in Slawonien schon ist, war nichts geschossen worden als etliche grüne Hüte — vorwitzige Herren hatten sie in die Luft geworfen. Nachmittags kamen die Schützen zu uns auf die Ilintzipußta zum Essen. Papa hatte eine große Geweihsammlung voller Abnormitäten, die hatte er in Oberungarn erbeutet und zusammengekauft, überdies eine Voliere von allerlei ausgestopftem Federwild, meist Sumpfgeflügel aus der berühmten Obetzka Bara und sonst aller Welt. Dies Museum wurde nun besichtigt.

Man schwatzte und trank zwischendurch, bis die Katze wieder auf ihre Pfoten fiel und Jonac darankam.

Warum er denn immer noch seine lederne Flinte habe, fragte man ihn. Er pflegte nämlich seinen alten Vorderlader in einem Juchtenfutteral zu tragen.

Jonac lächelte. Er verpacke sein Gewehr so sorglich, weil es einfach unersetzlich sei. Wenn es etwa Schaden nähme — wo gäbe es ein Gewehr von ähnlichem Brand? Was die Herren da tragen: Lancaster, Fusil Ideal, Hammerless, Shokebor — alles sei plumper Schwindel. Es sollt ihm nur einer nachmachen, was er mit seiner unübertrefflichen Flinte vermöge: auf hundert Schritt einen Vogel von der höchsten Pappel herunterzulinieren.

Allgemeines Gejohle. Ich hörte gar nicht mehr hin, sondern schlich sofort in das andere Zimmer, ergriff einen von Papas ausgestopften Vögeln und warf ihn rasch und heimlich durchs Fenster in den Garten.

Mein Freund, Schweinehirts kleiner Stephan, trieb sich eben um das Haus. Ich rief ihn näher.

»He, einer von uns beiden muß sogleich auf die Pappel klettern«, sagte ich hastig.

Er wollte noch etwas fragen, ich schnitt ihm kurz die Rede ab: »Willst du oder nicht — für ein Vierkreuzerstück?«

Er wollte selbstverständlich.

Stephan, dachte ich mir, kriecht auf die Pappel und nimmt ein Ende von Papas Meßband mit; wenn er oben ist, binde ich den Vogel am anderen

Ende an. Stephan zieht ihn hoch und schlingt ihn mit Draht in einen von den Wipfelzweigen. Es traf sich herrlich, daß Stephan immer Draht und dergleichen bei sich hatte.

Zehn Minuten später kehrte ich atemlos in das Zimmer zurück, wo die Schützen tafelten. Sie sprachen immer noch von Onkel Jonacs Flinte.

Der Essegger Doktor wollte sich auf zwanzig Schritt als Scheibe aufstellen und wettete, Jonac treffe ihn nicht ...

»Papa«, rief ich, »auf der Pappel sitzt ein Habicht.«

Die Herren sprangen auf wie ein Mann; liefen an das Fenster, an die Tür. Allen voran der alte Jonac mit der Lederflinte. »Pst — pst«, machte er und pirschte gebückt vor, auf die Pappel zu.

»Wetten Sie — wetten Sie zuerst!« zischten die Herren auf der Veranda. »Einen Eimer Wein — gilt's?«

Jonac nickte siegesfroh zurück.

Unterdessen war der Alte in einen Busch geschloffen, lag mit den Füßen in der Entenpfütze, packte umständlich seinen Vorderlader aus dem Futteral, zielte umständlich ...

Bum!

Oben auf der Pappel flogen die Federn, doch es rührte sich nichts. Die Herren auf der Veranda zappelten und wieherten wie ein Pferdestall vor dem Morgenhafer.

Jonac schüttelte den Kopf.

Bum!

Wieder federte der Vogel, ohne sich zu rühren.

»Fluch deinen Urahnen, irrsinniger toter Lämmergeier!« schrie Jonac. »Was stellst du dich lebendig und kommst nicht herunter?«

Der Alte erhob sich, zerriß zwei Pulversäckchen mit den Zähnen, tat zwei Unschlittlappen auf die Ladung, zwei Handvoll Schrot darauf und wieder zwei Lappen, stampfte das Ganze mit dem Ladestock fest ...

Bum!

Nichts.

Bum!

Nach jedem Schuß wettete er immer noch einen Eimer Wein. Zuletzt waren es sieben.

Ich stand neben Papa und sah voller Inbrunst zu.

Papa faßte mich plötzlich an einem Ohr und ging ins Zimmer, ohne loszulassen. Ein Blick auf die Sammlung — und Papa wußte alles.

Onkel Jonac kroch aus der Entenpfütze und schritt zur Pappel. Kein Zweifel, der Habicht war eine Leiche. Warum baumelte er oben, statt herabzufallen?

Vielleicht hatte ihm der Draht den Kopf abgewürgt — kurz, der Habicht besann sich endlich und kollerte in hundert Sprüngen von Ast zu Ast. Mit Triumphgeheul und glänzenden Augen verfolgte Jonac seine Beute.

Da — ja, was war das! Onkel Jonac erblaßte. Lärmend drängten sich die Schützen heran. Eine ausgestopfte, aufgebäumte, kopflose Spottgeburt, und auf dem Standbrettel ein nettes Zettelchen mit der Aufschrift: »Kagus Rhinochetus jubatus aus Neukaledonien.«

»Marius«, rief Papa vor dem Schlafengehen, »daß du mir das schönste Stück meiner Sammlung ruiniert hast, würde ich dir noch verzeihen. Daß ich aber im Namen des armen Narren sieben Eimer Wein auftischen muß — das, du Elende, zieh ich dir dereinst von der Mitgift ab.«

Zigeunerpferde

Die Herren alle hatten so schöne Flinten gehabt, und ich, ich hatte keine. Wenn wir ein feines Gewehr hätten, sagte Schweinehirts Stephan, könnten wir es im Heu verstecken und des Nachts im Jungschnee Hasen schießen, ganz wie der Schaffner Eßlinger.

»Wenn ich ein Gewehr hätte«, rief ich, »suchte ich Herrn Bakonja im Wald auf.«

Gar zu gern wollte ich ihm begegnen. Er war wieder einmal in der Leute Mund: Hatte jüngst dem Herrn Obergespan ein förmliches Gesuch eingereicht, ob er nachts am soundsovielten die Basilika des Klosters Dusluk plündern dürfe? Der Obergespan schickte eine Kompanie Infanterie aus der Essegger Festung auf Räuberkommando. Sie besetzten das Kloster. Spät nachts tritt ein Mönch in die Kirche, lacht die Soldaten an und sagt kopfschüttelnd: »Ist unser Abt aber ängstlich! Findet keinen Schlaf, solange die Meßgeräte nicht in seiner Zelle stehen.« Das sagt der Mönch lachend, holt aus der Sakristei den goldenen Kelch, das Ziborium, den heiligen Nikola vom Altar, und geht. Man hat ihn nie wiedergesehen; es war Bakonja.

Ach, wenn ich ein Gewehr hätte!

Lange überlegten wir, wie wir es anstellen sollten, so viel Geld herzuschaffen — Schweinehirts kleiner Stephan und ich —, am dritten Morgen wußte ich Rat:

»Wir müssen Pferde eintreiben.«

Wenn fremde Pferde auf Papas Grund weideten, und man fing sie ein, so bekam der Eintreiber die Hälfte des Strafgeldes.

»Pferde eintreiben?« rief Schweinehirts Stephan wegwerfend. »Du? Dazu gehören andere Kerle. Glaubst du, die Leute lassen sich ihre Pferde gutwillig fangen, und die Pferde laufen einem nach wie die hungrigen Hunde? Ich — ja — ich könnte Pferde einfangen. Du aber hast kein Herz.«

Doch er meinte es mit dem Vorwurf nicht ernst; denn eine Woche später kam er zu mir und sagte: »Junker, auf der bestockten Weide von Dugamedja lagern so an die fünfzehn Zelte Zigeuner — Geiger und Bärenführer. Die Pferde stehen den ganzen Tag angepflockt im Schnee. Sie können aber doch nicht Schnee fressen?«

»Warst du dort?«

»Ich habe getan, als ginge ich nach Gradina, bei der Ulme bin ich nach rechts hinein in die Büsche und habe gezählt. Es sind dreißig alte Pferde und sechs Fohlen.«

»Und sie weiden bei Nacht auf der Winterweizentafel?«

»Ja. Weißt du den Graben bei Dugamedja, Junker? Wenn du hineinblickst, siehst du nichts als

Hufspuren. Da führen die Zigeuner die Pferde abends durch, immer eines hinter dem anderen, und dann hinauf in den Weizen.«

»Haben sie viel Schaden angerichtet?«

»Wer weiß es? Ich kann nicht hingehen, sonst spüren sie gleich, daß wir ihre Pferde eintreiben wollen.«

»Wollen wir ...?«

»Gewiß«, sagte er und lachte mich an. In diesem Blick lag aller Spott und alle Hoheit vereinigt, die er, der Männliche, mir, der Schwachen gegenüber fühlte.

»Junker, du mußt heute abend deines Vaters, des gnädigen Herrn, Revolver nehmen und für mich die große Pistole.«

Die große Pistole — fast war es schon eine kleine Kanone — Papas Reiterwaffe von Anno 1849, stand bei Stephan in besonderer Achtung.

»Ein scharfes Messer werde ich selbst mitbringen«, fuhr er fort. »Wenn es zum Aufsitzen kommt, führ dir das Pferd in einen Graben — denn ich kann dir diesmal nicht hinaufhelfen. Und dann: halt dich zu mir, folg mir und sprich kein Wort!«

Um zehn Uhr abends machten wir uns auf. Ich trug Papas Weidtasche, darin Papas Revolver, in der Hand eine Reitpeitsche, um den Hals Papas neuen Wischzaum. Stephan hatte die Pistole, ein Messer und ein Beil wie die Schweinehirten.

Er gab mir Verhaltungsmaßregeln. Zuerst müsse ich ihm helfen, die Fußfesseln der ältesten Stute durchzuschneiden, auf die wolle er springen. Ich müsse ihr dabei die Glocke abnehmen und damit ein wenig bimmeln — so wie ein weidendes Pferd. Wenn er an die fünfzig Schritt weit wäre, sollte ich rasch ein beliebiges Pferd besteigen und im Galopp folgen. Die andern Pferde würden dann der Stute und der Glocke selber nachrennen, denn sie sind nicht gefesselt.

»Aber das sag ich dir, Junker«, mahnte er, »daß du es geschickt anstellst! Denn wenn sie dich erwischen und ich bin schon fort, erschlagen sie dich gewiß.«

»Dann nimm aber du den Revolver, und ich will die Pistole haben«, sagte ich. Denn auch ich hatte mehr Vertrauen zu der großen Pistole — sie sah aus wie die Großmutter des kleinen Revolvers. Doch davon wollte Stephan nichts wissen.

Je näher wir Dugamedja kamen — wir gingen auf den Linien und nicht die Straße entlang —, desto banger wurde uns. Malzumal blieben wir stehen und horchten in die ungewisse Nacht. Als wir an der Ulme hielten, lag nur noch ein kleiner, flacher Hügel zwischen uns und der Weizentafel. Wir stutzten wie die Häschen, hielten uns an den Händen und fürchteten uns. Fast wären wir umgekehrt.

Da schlug es an unsere Ohren: klapp, klapp — die Weideglocke der alten Stute. Stephan hob einen Finger hoch und sah mich mit unsicherem Blick an — als wollte er sagen: »Ich möchte wohl gern, doch ich habe Angst.«

Ich antwortete ihm mit einem anderen Blick: »Ich schäme mich aber, Angst zu haben.«

Das empfand auch Stephan und kroch in den Graben. Ich ihm nach.

Im Graben rieselte eiskaltes Tauwasser. Wir schlängelten uns achtsam fort.

Doch wahrhaftig, wir hätten das Wagestück nie getan, wäre uns der Zufall nicht zu Hilfe gekommen: Wir hatten die Pferde unten im freien Feld vermutet — sie weideten seelenruhig oben beim Busch, keine zehn Schritt von uns, weideten die Halmspitzen ab, die über die fingerdicke Schneedecke ragten.

Scheu blickten wir um und um. Büchsenlicht, ein wenig bewölkt. Die Perde scharrten mit den Hufen, schnoben und drängten sich. Plötzlich kam ein kleiner Brauner dicht zu mir und schnupperte mir ins Gesicht. Ich zupfte ein wenig Weizen ab und reichte ihm ein Büschelchen, erhob mich langsam, schob ihm langsam den Zügel des Wischzaums über den Hals, das Gebiß ins Maul . . .

Stephan saß neben mir und sah mir zaghaft zu. Dann schlich er längs der Außenseite des Busches auf allen vieren fort. Zur alten Stute, dachte ich mir.

In mir fieberte es vor Erregung. Wenn mich die Zigeuner erwischen, erschlagen sie mich oder hetzen mir gar die Bären nach. Und Stephan? Wo ist Stephan? Auf und davon, hat mich allein gelassen.

Bebend führe ich meinen Braunen durch das Dickicht und klettere von einer Scholle aus auf seinen Rücken. Er geht willig im Schritt den Weg, den ich nehmen will.

Die Flocken fallen leise, es wird finstrer.

Da höre ich einen Hund anschlagen — noch einen — viele Hunde — in meinem Rücken Geschrei.

Mein Brauner stutzt. Ich schnalze mit der Zunge, mit der Peitsche — er steht.

Schwarze Nacht und der Lärm.

Ich haue ihm einen Jagdhieb in die Rippen. Er steckt den Kopf zwischen die Beine und rennt zur Herde zurück.

Ein Reiter rast an mir vorüber: Stephan. Zigeuner heulend ihm nach, und ich ihnen entgegen, mitten durch sie. Die Hunde umbellen mich, alle Pferde traben hocherhobenen Kopfes mit mir.

Da ist Stephan abermals.

Mein Pferd steht wieder einen Augenblick.

Er haut seines wie toll mit dem Beilstiel und schreit dazu: »Na, Pille! Na!«

Nun schlage ich auch darauf los ...

Was dann geschehen ist, weiß ich nicht mehr. Es ist ja alles schneller gegangen, als man denken kann. Eine wilde Jagd bei Nacht. Ich halte mich an der Mähne meines Braunen und lasse ihn laufen. Laufen immerzu — immerzu — soweit er mag.

Ich komme wieder zu Bewußtsein und bin auf einer fremden Pußta. Sehe näher zu und weiß nun: Es ist Herrn Geyers Pußta, Magodinowatz — eine Stunde weit von uns in gutem Trab.

Die Hunde heulen, der Oberknecht läutet eben zum Wecken und ruft mich scharf an.

»Ach, lieber Onkel Joschka, hilf mir, ich bin's.«

»Teufel, was suchen Sie hier?« fragt er verwundert, als er mich an der Stimme erkennt.

»Die Zigeuner jagen mir nach«, keuche ich. »Hilf mir, hilf!«

»Was, die Zigeuner? Leute! He! Burschen!« schreit er. »Auf! Auf! Räuber sind da.« Aus den Stallungen hallt es wie Echo. »He! Auf! Burschen! Bakonja hat eingebrochen.«

Ich sitze ab, weine aus tiefstem Herzen und halte das Pferd am Zügel.

Allmählich kommen die Leute. Ich muß erzählen.

Da lachen mich alle aus.

Unterdes hat einer, der von Räubern hörte, Herrn Geyer gerufen.

Herr Geyer kommt schlotternd daher, im Schlafgewand, in einen Mantel gewickelt — gleich mit Geschenken für Herrn Bakonja: In einer Hand hält er mir Würste entgegen, in der anderen ein gesticktes Kissen, das hat er in der Eile vom Sofa aufgerafft, um es den Räubern anzubieten.

Als er statt Herrn Bakonjas nur mich armen Wurm findet, ist er grenzenlos ärgerlich. Was mir denn eingefallen sei, ihn bei Nacht zu alarmieren? Ob ich mondsüchtig wäre? Oder vom Teufel besessen? — So, Zigeunerpferde hätte ich eingetrieben? Dann müßten die Gutsnachbarn Geld zusammenlegen, um mich auf gemeinsame Kosten ins Narrenhaus zu bringen.

Er heißt seinen Kutscher anspannen. Ich soll nach Hause fahren und das Zigeunerpferd laufen lassen.

Davon will ich aber nichts wissen. Ich binde es

hinten an den Wagen. Es ist doch mein schwer errungener Siegespreis — das Pferd gebe ich nicht her.

Der Magodinowatzer Paradekutscher kann gar nicht genug den Kopf schütteln und lachen. Den ganzen Weg über fragt er mich aus.

Auch die Ilintzipußta ist schon wach — nur unser Haus ist still und finster. Ich übergebe den Braunen dem Schaffner Eßlinger und empfehle ihm, ja zu achten, daß ihn die Zigeuner nicht stehlen.

Dann will ich mich in mein Zimmer schleichen.

Da sitzt auf der Verandastufe ... wer? Stephan.

»Hast du das Pferd, Junker?«

»Ja.«

»Eh, Gott sei Dank! Ich hab keins.«

»Wie kommt denn das?«

»Ach, die Pferdegroßmutter wollte nicht vorwärts, ich sprang ab und lief. Die Hunde, die Zigeuner, mir nach. Sie warfen mit Äxten nach mir. Einer traf mich — sieh!«

Er zeigte mir eine große Wunde voll schwarzen Blutes oben auf dem Scheitel.

»Da stolperte ich — ein Zigeuner kam daher — ich zog die große Pistole — hielt gerade auf seine Brust — drückte — und sie ging nicht los, die große alte Pistole. Dann lief ich weiter bis zur Brücke. Eben fuhr ein schöner Wagen. Ich sprang auf den Tritt — der Kutscher stieß mich hinab und hieb auf die Pferde ein. Es war deines Oheims Heinrich Wagen — dein Oheim wollte sicher eben hierher zu euch mit der gnädigen Frau Barbara. Ich setzte mich geschwind hinten auf die Achse und hörte, wie die gnädige Frau Barbara den Kutscher anschrie: ›Fahr zu, um Himmels willen, daß uns der Räuber nicht einholt!‹ So sehr fürchteten sie sich vor mir. Ich immer auf der Achse. Bei Bare sprang ich ab und kam her. Sie sind umgekehrt — nach Haus; sie hatten zu viel Angst. Du hast also ein Pferd, Junker? Nu, dann ist alles gut.«

Die Köchin hörte es vom Schaffner, Papa von der Köchin — und alle schalten, die Köchin am meisten.

Zu Mittag kam der Herr Graf zu uns und ließ sich die Sache erzählen. Er lachte sehr und lobte mich, so daß ich wieder lustig wurde. Papa lächelte, weil ich Tante Barbara vertrieben hatte. Die Zigeuner bekamen ihr Pferd, mußten aber für den Schaden am Weizen hundertzwanzig Gulden Strafe erlegen.

Sonntag bei der Auszahlung erhielt Stephan sechzig Gulden und sein Vater die Kündigung. Ich kriegte gar nichts.

Später, an meinem Geburtstag, kam ein Packen aus Gradina. Er enthielt ein wunderschönes Gewehr, das hatte mir der Herr Graf geschenkt, mein Pate. In dem Packen lag auch ein versiegelter Umschlag, an Papa gerichtet. Darin waren Geld und ein Brief: Papa sollte mich in ein Pensionat tun, es wäre die höchste Zeit.

Ganz zuletzt erklärte sich, warum die Zigeuner so eilig und so gern hundertzwanzig Gulden Strafe gezahlt hatten, nur um rasch wegzukommen, und warum mein Zigeunergaul diese Nacht gerade nach Magodinowatz gerannt war: Es war General Geyers Brauner, die Zigeuner hatten ihn abends vorher gestohlen — und man dachte, Bakonja hätte es getan.

Hätte Herr Geyer weniger gezürnt, wäre er höflich zu mir gewesen und hätte meine Beute bewundert, wie sich's gebührt, so hätte er sein gestohlenes Pferd erkannt und es wiederbekommen. Nun bereute Herr Geyer seine Unvernunft. Zu spät.

Am Blasebalg

Es wird nichts so heiß gegessen, wie man es kocht. Stephans Vater, Onkel Schweinehirt, hatte zwar die Kündigung, doch er mußte nicht weit fort, man rief ihn bald wieder.

Schweine — das sind nicht Tiere wie andere Tiere. Wer da meint, Schweinehüten wäre wie Schafehüten oder Strümpfestopfen — na, der braucht es nur einmal mit Schweinen zu versuchen und wird seine Wunder erleben.

Das Schwein ist eine wehrhafte, eine trotzige Bestie, stark und tapfer wie ein Wolf. Wolf?

Kein Wolf wagt sich in eine Schweineherde — und täte er's, so würde er zerrissen. Herrgott, nicht einmal die Krallen blieben übrig.

Und das Schwein ist nicht nur tapfer, es ist auch launenhaft und schlau und wachsam; widerhaarig, empfindlich, rachsüchtig, schadenfroh. Wer Schweine hüten will, muß ein fester Geselle sein; wer sie stehlen will, ein Meister.

In der Nacht nach Onkel Schweinehirts Abschied stahl man uns zwanzig Säue. Wer war der Dieb? Wer anders als Onkel Schweinehirt!

Das ist leicht gesagt. Doch beweisen konnte ihm's keiner. Fünfzehn Zeugen schworen für ihn. Fünfzehn

Zeugen, die jene Nacht mit ihm gezecht hatten — keinen Augenblick hatte Onkel Schweinehirt die Schenke von Bare verlassen.

Papa brannte vor Zorn. Die Gendarmen zogen grimmig wie Moslime durch das halbe Komitat. Fesselten alt und jung. Prügelten Knaben und Greise. Suchten ob und unter der Erde.

Unsere zwanzig Säue fanden sich nicht.

Als Papa nicht anders konnte, rief er seinen alten Schweinehirten zurück — und am Nachmittag trabten die zwanzig Säue herbei, als wären sie nur ein wenig spazieren gewesen.

Onkel Schweinehirt wurde in Gnaden aufgenommen. Es wird nichts so heiß gegessen, wie man kocht.

Und ich mußte auch nicht in das Pensionat. Ich bekam bloß eine neue Gouvernante.

Sie hieß Fräulein Velaska Wunderlich und war wunderlich im höchsten Grade. Ich vertrug mich von Stund an nicht mit ihr. Sie sah von der Höhe ihres poetischen Empfindens verachtungsvoll auf mich herab und gab mir, wenn sie sich ärgerte — also immer — französische Namen, die ich nachher vergeblich im Diktionär suchte.

Um mich bei Papa so recht in schlechtes Licht zu setzen, befahl sie mir eines Morgens, den Aufsatz zu arbeiten: »Der Lenz in der Stadt und auf dem Lande.«

»Der Lenz in der Stadt und auf dem Lande.« Ich las die Überschrift langsam und nachdenklich durch, dann einige Male noch nachdenklicher, es fiel mir aber nicht das mindeste dabei ein.

»Der Lenz.« Was ist das: Lenz? Ich ging zu Lisi, unserer Köchin, die wußte es nicht. Ich fragte den Schaffner Eßlinger und wurde nicht klüger. Da fiel mir Herr General Geyer ein (er wartete eben auf Papa). Er klärte mich auf: Lenz sei ein dummer Ausdruck für Frühjahr. Und ich möge ihn in Ruhe lassen, er müsse den Hagelausweis und Policen schreiben und sei nicht da, um die Schulaufgaben kleiner Kinder zu machen.

Aber: »Lenz in der Stadt.« Wie sieht der Lenz da aus? Ich kannte nur eine einzige Stadt so ganz genau, Gutta an der Drau, dahin hatte mich Papa oft genug auf den Viehmarkt mitgenommen. Es war jedesmal Frühling gewesen, doch ich hatte in Gutta nichts bemerkt, worüber sich ein Aufsatz schreiben ließe.

Matthes, unser Paradekutscher, war eben vom Militär heimgekommen, von der Waffenübung, und erzählte allerorten seine Abenteuer. Ich brachte ihm eine Gurke, die ich aus Onkel Michels Garten stahl, weil bei uns noch keine reif waren. Darauf berichtete er mir vom Lenz in der Stadt, und ich schrieb auf Grund seiner Angaben den folgenden Aufsatz:

Lenz ist ein dummer Ausdruck für Frühjahr und kommt alle Jahre wenn es anfängt warm zu werden hinter dem Winter. Auch in der Stadt ist ein Lenz hinter dem Winter, dann reibt man die Husarenpferde schon draußen ab wenn sie schwitzen tun was immer ist weil da schon der Herr Leidnand mit der Schwadron exaziert. Dann kriegt man Erlaubnis, daß man länger ausbleiben därf und geht mit seinem

Dienstmädchen draußen spazieren, was eine große Hetz ist. Aber man muß seine Stiefel putzen, abends bevor man schlafen geht und in der Früh aufstehen und wieder zwei Pferde füttern weil Ausruckung ist sonst wird man eingesperrt und man muß sie auch füttern wenn kein Exazieren ist, sonst wird man auch eingesperrt. Und wenn man eingesperrt ist, därf einem niemand Schnaps hereinbringen.

Das ist der Lenz in der Stadt, jetzt kommt der Lenz auf dem Lande. Auf dem Lande ist auch der Lenz hinter dem Winter und ist sehr schmutzig. Die Spatzen haben Junge die kann man aus den Nestern nehmen und piepsen. Sie haben eine gelbe Goschen wo man Fliegen hineintut. Wenn man einen jungen Fuxen hat, so kann man die Spatzen dann dem Fuxen in die Goschen tun, darüber freut sich der Fux, es ist aber eine große Sünde. Wenn man ihm auch die jungen Perlhühner gibt, freut sich der Fux auch sehr. Dann sind im Lenz Kirschen und die Kühe melken besser und die Ochsen kriegen jeden Tag Klee. Manche Ochsen krepieren, manche bleiben leben, aber nicht alle. Das ist der Lenz auf dem Lande.

Maria

Als ich den Aufsatz beendet hatte, schrieb ich ihn sauber ab. Dann ging ich hinaus zum kleinen Stephan und half ihm bis zum Abend Schweine hüten. Ich mußte immer an meinen Aufsatz denken und wie stolz Papa auf mich und meinen Aufsatz sein wird.

Als Stephan heimtrieb, lief ich mit unseren Ferkeln um die Wette nach Haus und stürmte geradeaus auf Papa zu.

»Was — ein schöner Aufsatz?«

»Morgen sieben Uhr Rapport!« rief Papa zu meinem größten Schrecken, und ich bekam das Abendessen ins Zimmer geschickt.

Schlafen konnte ich nicht. Als der Mond zu mir ins Fenster blickte, sah er mein aufgelöstes Haar und hörte mein Schluchzen. Ich hatte den Kopf tief in die Kissen vergraben. Im fieberheißen Hirn spielte sich der schreckliche Rapport ab. Ich sah die graue Kanzleitür, vor ihr muß ich stillstehen, bis Papa mich ruft. Er erwartet mich mit finsteren Brauen, hinter ihm Fräulein Valeska Wunderlich, und er fragt: »Bekennst du dich schuldig, Marius?«

Ich beiße die Zähne aufeinander.

Dann eine kurze Besprechung — die Versicherung, daß er so was seinem Marius nie zugetraut hätte — und das Urteil: drei Tage Arrest.

Drei Tage Arrest — das heißt: Jani, mein kleines Pferd, wird drei Tage eingesperrt. So waren bisher alle Rapporte verlaufen, so wird es auch morgen sein.

Es kam anders. Die Kanzleitür war grau, Papa rief mich hinein, stand mit finsteren Brauen da und Fräulein Valeska hinter ihm. Er sagte:

»Du hast Fräulein Valeskas ganze Wäsche ... hm ... Verzeihung — ohne Grund öffentlich an den Zaun gehängt. Ich habe es dir verziehen, Marius.

Du hast gespielt, Fräuleins Hyazinthen wären Obstbäume, und hast sie mit stinkendem Thomasmehl gedüngt — das hab ich dir verziehen, Marius.

Du hast Fräulein Valeskas Kanarienvogel wegfliegen lassen und ihr dafür den Kater in den Käfig getan. Das habe ich dir auch verziehen, Marius.

Du hast Mais gestohlen und dem Hahn alle Schweiffedern für einen Papierhelm ausgerupft. Ich habe ein Auge zugedrückt.

Das alles sind dumme Streiche gewesen, wie jeder Gassenjunge deiner Art sie macht. Was du aber heute angestellt hast, muß bestraft werden. Dein Aufsatz ist so haarsträubend ungereimt, daß ich nicht weiß, was ich eher tun soll: annehmen, daß du nichts gelernt hast und nicht lernen willst — oder mich über deine bodenlose Keckheit empören. Ich sehe von einem Arrest für Jani ab. Leuten, die nichts lernen und Landstreicher werden wollen, muß man zeigen, wie weit sie es bringen, wenn sie in ihrem Tun fortfahren. Du gehst noch heute in die Schmiede und wirst Lehrjunge. Dort bleibst du drei Jahre, und wenn du dich gebessert hast und brav geworden bist, darfst du wieder nach Haus kommen. Hast du verstanden?«

»Ja.«

»Abtreten!«

Ich nahm mir eine große Schürze um, und Papa brachte mich in die Schmiede zum alten Michel, unserem Meister. Meister Michel sollte streng darauf achten, daß ich fleißig arbeite.

Der alte Michel schmunzelte, Franzel, der Geselle, lachte.

Ich auch. Ich freute mich mächtig, daß ich drei

Jahre Schmied sein sollte, daß Jani keinen Arrest bekam und daß sich Fräulein Valeska vermutlich giftet.

Als Papa gegangen war, stülpte ich die Ärmel auf, wählte mir einen Hammer aus und fragte: »Was soll ich nun, Onkel Michel?«

Der alte Michel stemmte seine braunen Fäuste in die Seiten und sagte munter: »Ei, schmieden lernen, Junker!«

»Womit soll ich denn anfangen?«

»Du wirst zuerst ein Jahr den Blasbalg treten, Junker.«

»Oh, daraus wird nichts. Blasbalg treten kann ich wie irgendeiner. Ich möchte das richtige Schmieden lernen.«

»Gut. Schmied also einmal einen Nagel!«

Ich kroch auf allen vieren unter den Blasbalg, wo das alte Eisen lag, und suchte mir einen Splint aus, gerade passend für einen Nagel.

Den Splint faßte ich mit der Zange und steckte ihn ins Feuer. Dann fachte ich an. Ich pustete bald besser als der Balg und war rot wie die Kohlen; zog das Eisen hervor, legte es auf den Amboß zurecht und schlug darauf los. Ich vergaß auch nicht, vorher auf den Amboß zu spucken, damit es knalle, wie Franzel immer tut.

Michel, Franzel und ein paar andere, die hinzugekommen waren, sahen mir vergnügt zu, wie ich den Nagel in fünfviertel Stunden nicht fertigbrachte.

Da warf ich das Zeug geärgert weg. Ich hatte eine anregendere Beschäftigung gefunden. Papas Favorite kam zum Beschlag, und ich durfte ihr die Füße halten. Franzel aß die Späne, die er von der Hufsohle wirkte, und sagte, sie schmeckten wie Schweizerkäse. Auch ich versuchte davon, doch mir schmeckten sie nicht.

Ehe Favorite beschlagen war, brach der Abend an. Papa kam und fragte mich: »Nun, Marius, siehst du ein, daß man lernen muß?«

»Ja, Papa.«

»So will ich diesmal noch Gnade vor Recht ergehen lassen. Ich habe mir die Sache überlegt und gefunden, daß Fräulein Valeska auch ein wenig Schuld trägt an deinem schlechten Aufsatz. Du kommst also mit nach Haus.«

»Schon heute, Papa?«

»Ja.«

»Was soll ich denn zu Haus, Papa?«

»Lernen.«

»Schmied lernen? Kann ich ja zu Haus gar nicht.«

»Sollst auch nicht, Marius. Du wirst Deutsch und Französisch lernen.«

»Da lerne ich schon lieber schmieden. Du glaubst gar nicht, wie hübsch das ist. Oh, ich gehe bestimmt nicht nach Haus. Ich bleibe drei Jahre hier, es ist ein großer Spaß und viel netter als Aufsätze machen über den kranken Esel und über den Lenz in der Stadt.«

»Du kommst augenblicklich nach Haus, Marius!«

»Nein.«

»Du willst nicht?«

»Nein. Du hast selbst gesagt . . .«

Papa verlegte sich aufs Parlamentieren. Zuerst versprach er mir, ich müßte nie mehr stricken.

»Oh, das hab ich ohnehin nie getan; gestrickt hat immer nur die Lisi für mich, und ich hab ihr dafür ein wenig Schminke von Fräulein Valeska gegeben.«

»Du sollst einen Patronengürtel haben — binnen einer Woche — zum Namenstag.«

Ich blieb unerbittlich. Papa wurde unwirsch und wandte sich zum Gehen.

Da kam mir ein herrlicher Einfall.

»Weißt du was, Papa? Wenn du mir ein neues Fräulein bestellst, dann komme ich nach Haus. Es muß aber ein sehr gutes Fräulein sein und sehr schön und darf keine Augenbrauen zum Abwaschen haben.«

Papa versprach es mir und schwur »meiner Seel«, daß er sein Versprechen halten würde. Da ging ich mit ihm.

Nachmittags kam der Pfarrer von Gradina zu Besuch. Fräulein Valeska suchte ihren Zopf — er schwebte hoch über dem Hof in der Luft, ich hatte ihn meinem Drachen als Schweif angehängt.

Am selben Abend fuhr sie.

Tomy

Ob Onkel Alois wirklich mein Onkel ist, daran zu zweifeln hatte ich manchmal Gründe. Wenn er von Papa etwas haben wollte, sagte er: »Verwandte müssen miteinanderstehen in Freud und Leid.«

Als Papa ihn aber einmal um fünftausend Gulden anging — er brauchte das Geld sehr dringend und war in ärgster Verlegenheit —, da lachte Onkel Alois und rief: »Was gehen mich fremder Leute Verlegenheiten an?«

Gegen mich benahm er sich auch recht eklig.

Wir fuhren am kleinen Frauentag zu ihm zu Besuch. Eine weite Reise das — hart bei Essegg, gut acht deutsche Meilen. Onkel Alois begrüßte uns und sagte gleich: »Schad, schad, daß ihr grad nach dem Kaffee kommt, wo ihr doch vor dem Abendessen wegmüßt.«

Papa und der Onkel saßen auf der Veranda, und der Onkel bat sich eine Zigarre von Papa aus, zum Kosten der Sorte.

»Onkel«, sagte ich, »ich hab heute Namenstag.«

»Namenstag? Das ist nichts Besondres. Das hast du doch jedes Jahr.«

Und er rückte auf dem Stuhl umher.

»Papa hat mir was Schönes geschenkt. Rate mal,

was! Na, ich sehe schon, du bringst es nicht heraus. Seinen Patronengürtel, denk nur, hat mir Papa geschenkt — und ein Lefaucheuxgewehr mit Hufnagellauf hab ich vom Herrn Grafen.«

Onkel Alois verzog den Mund, als hätte er auf eine Zitrone gebissen.

»Gell, da erwartest du auch von mir etwas? Komm einmal her! Was möchtest du denn?«

Man hatte mich gelehrt: Kinder sollten bescheiden sein. Ich verlangte nicht Onkels Taschenuhr, so gern ich sie gehabt hätte — ich sagte: »Gib mir, was du willst, lieber Onkel.«

Onkel Alois meckerte: »Was ich will, behalte ich für mich, meine Tochter, das schenk ich nicht her.« Und er gab mir eine Kopfnuß. »Jetzt lauf nur in den Garten — über das Geschenk reden wir noch.«

Ich war recht enttäuscht und lief davon. Zum Glück fand ich das Petroleumkännchen von der Frau Riemer ihrer Nähmaschine. Frau Riemer war ja nun Wirtschafterin bei Onkel Alois — um nahe der Stadt zu sein. In Onkels Mistbeet waren fünf schöne goldgelbe Melonen reif. Ich bohrte in jede ein kleines Loch und spritzte etwas Petroleum hinein. In die fünfte nur ganz wenig, das Kännchen war fast leer. Sie roch dennoch ziemlich stark nach Petroleum.

Im Hof besuchte ich Onkels Bulldogghündin. Sie hatte ein Junges, nur eines, und fuhr mich knurrend an. Immer, wenn sie Junge hat, ist sie so bissig.

»Der Onkel«, sagte Frau Riemer, »wollte es ertränken lassen, weil es gar so schwach und zittrig ist. Wird im Leben kein rechter Hund. Der Onkel ärgert sich, sooft er das arme Hündchen sieht.«

Papa rief nach mir, weil es doch schon knapp vor Abend war und wir nach Hause wollten.

Ich lief rasch hin.

»Himmel, dich hab ich ja ganz vergessen«, sagte Onkel Alois und schlug sich vor die Stirn. »Warte, ich bring dir dein Namenstaggeschenk!«

Ich wartete gespannt. Onkel Alois kam und trug auf dem Arm den jungen Hund.

»Damit du siehst, wie lieb ich dich habe. Ich schenke dir zum Namenstag den Hund.«

»Wir danken schön, lieber Onkel«, sagte Papa. »Du hast einem dringenden Bedürfnis abgeholfen. Denn an jungen Hunden leiden wir bei uns auf der Pußta großen Mangel.«

»Bitte«, sagte der Onkel, »es ist ein sehr wertvoller Hund, eine echt englische Bulldogge und das einzige Junge meiner Hündin.«

»Darum ist er auch so mißraten«, sagte ich.

»Wenn du ihn nicht willst — ich behalte ihn sehr gern selbst«, entgegnete der Onkel beleidigt und legte mir den Hund nachdrücklich in die Arme.

Tomy wuchs und wuchs. Er war braungeströmt, nur sein Kopf war weiß, und ein weißes Vorhemdchen hatte er auf der Brust. Groß und stark war er, mit breiten, muskelbepackten Schultern, und wenn er sein Maul aufriß, dachte man, er könnte einem mit einem Knacks den Kopf abbeißen.

Ich gewöhnte mich sehr an Tomy. Und mußte mich seiner täglich schämen. Wenn ihn der Gänserich anzischte, kniff Tomy den Schwanz ein. Wenn die Katze fauchte, versteckte er sich. Wenn Papa nieste, erschrak er und kroch unter das Bett. Gewiß, Papa nieste etwas heftig. Doch eine echt englische Bulldogge hätte es nicht schrecken sollen.

Als es zum erstenmal geschah, lachte Papa, nieste nochmals, noch entsetzlicher, und sagte: »Ihr zwei paßt eigentlich zueinander, Marius. Dein Hund sieht zum Erschauern aus und fürchtet sich vor allem; du siehst manierlich aus und fürchtest dich vor nichts. Ich bin nur froh, daß es nicht umgekehrt ist.«

Ich kroch unters Bett und holte den armen Tomy hervor.

Am andern Tag fuhr Papa auf den Ochsenmarkt nach Gutta. Ich wäre gern mitgefahren, es war aber kein Platz im Wagen, weil zwei Männer zum Treiben mitmußten.

»Leb wohl, Marius«, sagte Papa beim Abschied, »sei brav, geh am Abend in den Stall zur Fütterung, rauf nicht, schlag mir niemanden krumm — und vor allem: überiß dich nicht. Auf die Kasse gib acht, da ist unser ganzes Vermögen drin. Übrigens hast du ja deinen löwenherzigen Tomy.«

Auf die Kasse achtgeben — das war ein Geschäft für mich. Ich kam mir unermeßlich wichtig vor.

Nach dem Abendessen nahm ich mein Gewehr fertig und durchstreifte das Haus. Im finsteren Flur begegnete ich der Köchin.

»Was machen S' denn, Junker?« fragte sie.

»Haussuchung halt ich. Auf der Gemeindeweide sind Zigeuner.« Sie sollte sich nur recht ängstigen.

»Jesus Maria!«

»Was schreien Sie? Wo doch ein Mann zum Schutz da ist.«

»Wer?« fragte die dumme Urschel.

»Na ich. Leuchten Sie mir noch auf die Bodentreppe!«

Dem Oberknecht und dem Schaffner Eßlinger sagte ich: Wenn ich in der Nacht schösse, wäre es ein Notsignal — da müsse alles gleich herbei.

Ich versperrte die Tür, zog den Schlüssel ab und ging in Papas Zimmer, um die Nacht bei der Kasse zu wachen.

Da kam Lisi wieder.

»Warum haben Sie die Tür abgesperrt, Junker?«

»Weil ich will.«

»Ich muß aber zeitig morgens hinaus.«

»Ich werde schon öffnen.«

»Junker, Sie könnten den Schlüssel dem Eßlinger geben«, sagte Lisi dringend, »oder, noch besser, bei mir lassen.«

Ich schüttelte den Kopf.

Lisi stand noch immer da.

»Fräulein, bitte, dann lassen S' mich wenigstens noch einmal hinaus, ich muß dem Franzel was sagen.«

Sie lief in die Schmiede, und ich wartete solange an der Haustür.

Eine helle, warme Julinacht. Über dem Glockenturm stand der Große Bär am Himmel und glitzerte prächtig.

Lisi kam wieder.

»Türen zu, Fenster zu, Lampen aus — und marsch ins Bett!« befahl ich.

Ich setzte mich auf Papas Lederdiwan, da konnte ich Tür und Fenster im Auge behalten. Tomy legte sich dicht neben mich, das Gewehr hielt ich zwischen den Knien. »Nun soll Bakonja kommen«, dachte ich und wartete und wachte.

Nach einer halben Stunde war es schon langweilig, und ich dachte: »Wenn doch Bakonja käme!«

Tomy lag noch immer dicht neben mir und schnaufte, weil es so schwül war.

Ich dröselte ein wenig ein in der großen Stille.

Und erwachte plötzlich.

Waren das nicht Tritte? Leise, harte Tritte — eines Mannes, der in Stiefeln schleicht?

Unter dem Fenster hielten sie.

Dann ein Pfiff — kaum hörbar.

Tappende Hände an den Fensterläden.

Tomy richtete sich auf.

»Gleich wird das feige Tier unter das Bett kriechen«, dachte ich, »und ich schieße den ersten Räuber nieder.«

Zu drei Teufeln — was rinnt mir denn kaltes Wasser über den Rücken? Und meine Finger sind klamm? Und meine Füße klumpig schwer?

Die Hand draußen hat ein loses Brettchen waagrecht gestellt. Ein schmaler Mondstreif fällt ins Zimmer.

Tomy äugt. Aha, er kneift schon, der jämmerliche Kerl! Ich fasse an sein Nackenhaar. Es ist gesträubt, und die Augen glitzern grün im Dunkel wie Johanniskäfer.

Die Finger vor dem Fenster suchen den Riegel und finden ihn.

Und ich bin noch immer starr und schwer.

Tomy knurrt leise.

Der Riegel fällt — das Fenster springt auf — ein Mann schwingt sich empor und steht breit und groß im Zimmer.

»Tomy, faß an!«

Und Tomy, der arme, feige Tomy, der vielverlachte, verhöhnte — er behebt in einer glorreichen Sekunde das Erbe seiner heldischen Vorfahren: Tomy reißt mit einem Heulen, einem Satz den fremden Mann zu Boden.

Rucks löst sich der Bann, der mir auf Kopf und Herzen lag.

Der Mann liegt da — Tomy hat beide Pranken auf seiner Brust.

Ich stürze ans Fenster und feuere beide Schüsse hinaus. Notsignal — Notsignal.

Im Augenblick Weiberschreie — die Dienstboten.

Nach zwei Minuten ein Hämmern an der Haustür und wieder Schreie.

Dann klirren Glasscherben — der Oberknecht, der Schaffner haben das Flurfenster eingeschlagen und steigen ein.

»Der Räuber«, schmettere ich, »da liegt er — Bakonja.«

Man bringt eine brennende Lampe — und auf dem Boden, von Tomy bewacht, mit schreckensstarrem Gesicht . . .

»Franzel, Franzel!« rufen fünf Stimmen zugleich.

Ich reiße Tomy zurück. Er stemmt sich und knurrt und will die Beute gar nicht lassen.

»Franzel, was suchst du hier? Was hast denn wollen?«

»Einbrechen nit«, murmelte er bitterbös.

»Alsdann«, sagte der Schaffner, »was is denn geschegen?«

»Was wird denn geschegen sein?« sagte Franzel. »Verzählt hab ich mich um ein Fenster. Aber dös Pudelviech, den Tomy, den tret ich tot.«

Der Schaffner nahm Franzel an Schulter und Beinen und schmiß ihn aus dem Fenster.

Als Papa heimkam, kriegte Franzel fünf Ohrfeigen. Lisi zwei — »weil ich ein Frauenzimmer nicht schlagen kann«, sagte Papa.

Mich dauerte Lisi, sie hatte doch eigentlich nichts verschuldet.

Den Franzel zeigte Papa nicht an und entließ ihn auch nicht, was ich nicht begriff.

Meinem Tomy warf Papa bei Tisch einen guten Knochen hin und versprach ihm ein neues Halsband. Bekommen hat er es ja nie, ich war aber doch sehr stolz auf ihn.

Man mußte den armen Tomy an die Kette legen, denn er war plötzlich sehr scharf geworden.

Eine Woche nach dem Geschehnis mit dem Räuber bekam ich einen Brief.

Von wem? Von Onkel Alois. Er hatte von Tomys Tapferkeit wohl schon gehört und schrieb:

Liebe Maria! Meine Hündin ist vor sechs Wochen eingegangen. Ich kann mich gar nicht trösten und möchte gern wenigstens ihren Sohn um mich haben, wenn er auch leider nicht so geworden ist, wie wir es erwarteten.

Ich will nichts umsonst. Ich tausche mit Dir. Du hast Dir unlängst die Schachtel mit Zigarrenringen gewünscht und meine Taschenuhr. Die Uhr brauche ich leider selbst, doch die Zigarrenringe will ich Dir schenken. Den Hund schick mir gleich mit dem Boten, die Zigarrenringe kannst Du Dir gelegentlich holen. Gib dem Hund ein festes, gutes Halsband mit.

Dein Onkel Alois

Ich schrieb auf einen Zettel:

Lieber Onkel! Einen Schmarrn mit Soße.

Dein Dich liebender
Marius

Ich hätte es ihm gröber gesagt, doch ich schreibe nicht gern.

Papas Namenstag

»Stephan«, sagte ich eines Tages, »mein Papa hat morgen den heiligen Wilhelm. Er heißt Wilmosch, weißt du, die Heiligen sind aber Deutsche und heißen auf deutsch.«

Stephan antwortete nicht. Er lag faul auf dem Rücken im dürren Heidegras und blinzelte in den Himmel. Sein Gesicht war braungebrannt, das Haar ausgebleicht von der Sonne, und die Pupillen wieder waren heller als das Weiße im Auge.

»Weißt du, Stephan, Papa hat mir zum 8. September, meinem Namenstag, den Gürtel geschenkt. Jetzt möcht ich auch ihm gern eine Freude machen.«

Stephan rührte sich nicht. Er lag auf dem Rücken und blinzelte in die Sonne.

»Wenn du mir hilfst, Stephan, ich ... ich ... ich geb dir zwei — nein, vier Kreuzer.«

Er blieb fest.

»Stephan, du darfst, so wahr ein Gott im Himmel ist, zweimal aus der großen Pistole schießen.«

»Was soll ich also, Junker?«

»Du sollst mir helfen, Papa zu seinem heiligen Wilhelm eine Freude machen. Ich habe mir schon etwas ausgedacht. Der gnädige Herr hält so viel auf Dekoration. Unlängst erst hat er wieder das

Haus neu anstreichen lassen und Engel oben unters Dach setzen. Die Engel — hast du sie gesehen? Sie sind putzig und nett und aus weißem Stein. Da will ich über Nacht das Haus ausschmücken — mit Blumen und allerlei, damit er morgen früh die Festfreude sieht, wenn er aufwacht.«

Stephan versprach mir denn nach einigem Zureden seine Hilfe. Um zehn Uhr, wenn sein süßer Vater, der alte Schweinehirt, wildern gegangen ist, werde er in unseren Stall kommen. Ich sollte nur alles Nötige bereithalten.

»Mit Gott also, Stephan«, sagte ich und stieg auf meinen kleinen Rappen, um zum Herrn Pfarrer nach Gradina zu reiten. Auch bei ihm gedachte ich Unterstützung zu finden.

Auf der Pfarre ließ mich die Wirtschafterin nicht ein; der hochwürdige Herr wäre versehen gefahren. Und sie wollte die Tür schließen.

Ich aber klemmte den Fuß dazwischen — solche Ausreden kenne ich schon — und drang ins Zimmer.

Der Herr Pfarrer spielte eben Tarock mit dem Herrn Kaplan und dem Roten Kohn. Er hatte ein Kontra dem Pagat gegeben und ließ mich warten. Als ich merkte, daß sie fertig waren, wollte ich vortreten.

»Gelobt sei . . .«

»Warte!« sagte der Herr Pfarrer. »Herr Kohn, Sie haben Renonce gemacht. Sie haben zehn Tarock angesagt und elf gehabt.«

Nun entstand ein Streit. Ich war ungeduldig geworden und rief: »Herr Pfarrer, ich bitte, Sie haben auch Renonce gemacht, Sie haben die Treffdame mit Tarock gestochen.«

»Ja, ja, ja!« schrie der Rote Kohn und nannte mich ein über das anderemal ein gescheites Mädel.

Der Herr Pfarrer aber war ungehalten.

»Was willst du überhaupt hier?« herrschte er mich an. »Was hast du dreinzureden, du vorlautes Ding? Ich soll jetzt etwa deinetwegen die Partie zahlen?«

Herr Kohn wußte Rat.

»Warum sollen Sie die Partie zahlen? Der Kiebitz soll zahlen.« Dabei lachte er aus vollem Hals.

Ich erschrak sehr.

Indes hatte sich der Pfarrer erhoben und fragte mit verhaltenem Groll noch einmal nach meinem Begehr.

»Gelobt sei Jesus! Ich bin da, weil Papa morgen seinen heiligen Wilhelm hat — und da wollte ich den Herrn Pfarrer bitten, daß er . . . so wie voriges Jahr, aber diesmal für mich . . . Papa hat mir zum 8. September einen Patronengürtel geschenkt . . . da wollte ich ihm eine Freude machen . . .«

»Wem? Dem Gürtel?«

»Nein, ich bitte, dem Papa.«

»Was willst du also?«

»Ich möchte, daß mir der Herr Pfarrer ein Gedicht macht.«

»Ein Gedicht?« fragte er gedehnt und verwundert.

»Ja, voriges Jahr, da hatten wir die Gouvernante, Fräulein Valeska, die machte zum heiligen Wilhelm ein Gedicht und gab es Papa. Ich möchte ihm heuer auch eins machen, ich kann aber nicht.«

»So? Fräulein Valeska hat ein Gedicht gemacht?« Der Herr Pfarrer lächelte. »Wie hat es denn gelautet?«

»Ganz weiß ich es nicht. Nur den Anfang:

Ich liebe dich, weil ich dich lieben muß,
und sehne mich nach deiner Lippen Kuß.«

»Hm, hm. Und Papa?«

»Oh, er war sehr erfreut. Fräulein Valeska mußte aber einige Tage darauf wegfahren — nach Wien zu ihren Verwandten — und ist nicht wiedergekommen. Sonst hätte sie mir schon was gedichtet. Nun bitte ich den Herrn Pfarrer ...«

»Liebes Kind, ich kann dir beim besten Willen nicht dienen. Ich bin kein Poet. Reit schön nach Haus, grüß mir den Herrn Vater. Und auch ich ließe ihm Glück wünschen. Das mit dem Gedicht aber — das schlag dir aus dem Kopf.«

So ging ich denn. Draußen führte ich Jani, meinen Rappen, dicht an den Zaun, kletterte auf des Pferdes Rücken und trabte schwermütig heim.

»Und allen zum Trotz mache ich ein Gedicht«, sagte ich zu mir selbst, als ich auf den Fußsteig nach der Ilintzipußta einbog.

Spätabends, als alle schon schliefen, pochte Stephan an mein Fenster. Ich hatte lang auf das Zeichen gewartet. Nun öffnete ich leise, ganz leise und schlich durch das Fenster hinaus. Ich gab ihm vier Kreuzer, wie ich es ihm versprochen hatte — Lisi hatte sie mir geborgt —, zeigte ihm etliche

Kränze, die ich aus den Rosen von Papas Okulierbeet gewunden hatte, und eine Leiter. Die Holme der Leiter waren mit Lappen umwickelt, damit man sie ohne Geräusche an die Mauer stellen konnte.

»Stephan, ich werde vorsichtig hinaufsteigen bis unters Dach. Dann reichst du mir den Topf, und ich schreibe mit der Farbe etwas an die Wand.«

Gesagt, getan.

Ich stieg empor und begann, Buchstaben um Buchstaben zu malen. Ach, ging das schwer! Ich hatte keinen rechten Pinsel.

»Da ist leicht Rat geschafft«, sagte Stephan, verschwand und kam bald wieder — mit einem Pinsel. Er hatte ihn selbst gemacht, in aller Eile.

»Junker, 's ist mir was eingefallen. Wir malen nachher noch einen Räuberhauptmann an den Schornstein.«

»Glaubst du, daß sich der gnädige Herr darüber freuen wird?« fragte ich unsicher.

»Und wie er sich freuen wird!«

»Na gut. Bis ich mit der Inschrift fertig bin.«

Links an der Ecke des Hauses hatten wir angefangen, nun waren wir mit der Inschrift beinahe in der Mitte bei den Engeln.

»Denen, Junker, kannst du gleich die Kränze aufsetzen, dann brauchst du kein zweitesmal hinaufsteigen. Warte übrigens, ich will es selbst tun. Komm herunter, Junker, wenn du mit dem Schreiben fertig bist!«

Ich gehorchte. Stephan mit den Kränzen über der Schulter huschte zu den Engeln unter das Dach.

Er faßte den Hammer und schlug behutsam einen Nagel in den Kopf des linken Engels.

»Hui!« rief er plötzlich erschrocken. Der Engelskopf fiel herab und platzte in zehn Stücke. Wir horchten ängstlich, ob niemand im Haus darüber erwacht wäre.

»Du darfst keine Nägel mehr einschlagen, Stephan. Der gipserne Stein geht leicht kaputt.«

Von nun an banden wir die Kränze mit Bast — ich hatte ihn von den Rosenstöcken im Okulierbeet genommen. Die Inschrift war fertig, und wir bereiteten uns, den Räuberhauptmann zu malen. Es war gar nicht leicht, zum Schornstein hinaufzuklimmen. »Zieh dir die Schuhe aus«, rief Stephan.

Auf allen vieren krochen wir über das Ziegeldach nach dem First. Stephan hatte den Topf mit der Farbe, ich den Pinsel. Es war finster geworden, man sah die Hand vor den Augen nicht. Dazu blies ein kleiner Wind. Stephan setzte sich rittlings auf den First und hielt mich an den Armen fest, während ich den Räuber malte — einen Mann mit großem Schnurrbart und einem Säbel an der Seite.

»Fertig, Stephan!«

»Hast du ihm auch eine Pistole gemalt?«

»Nein.«

»So mal ihm doch eine Pistole. Auch Bakonja trägt immer eine.«

Ich tat es, so gut es ging.

»Jetzt komm, es fängt an zu regnen.«

Richtig, schon fielen die ersten Tropfen, und der Wind pustete gehörig.

Ich kletterte vorsichtig der Leiter zu. Als ich sie erreicht hatte, riß sich unglücklicherweise ein Randziegel los und zersplitterte. Im selben Augenblick kam ein Windstoß — Regen — Stephan rutschte oben über das wasserglatte Dach ab, kollerte wie eine Lawine zu Boden, der Farbtopf und eine Menge Ziegel rasselnd und lärmend ihm nach.

Ich haspelte flink die Leiter ab und — husch, war ich durchs Fenster in meinem Zimmer. Das Fenster schloß ich, sprang, wie ich war, ins Bett und deckte mich bis über den Hals zu. Ich ahnte, was kommen würde ...

Da war es schon. Im dritten Zimmer, wo Papa schlief, rührte sich was. Ich hörte, wie Papa nach der Wand griff, wo das Gewehr hing. Ich hörte ihn das Fenster öffnen.

Bum! Bum! Zwei Schüsse.

Papa kam an die Tür.

»Marius, mein Sohn, bist du da?«

»Ja, Papa!«

»Gott sei Dank. Bleib ruhig im Bett, es sind Räuber da.«

Leute kamen — man machte Licht und durchsuchte das Haus.

Der Wind draußen war zum Sturm gewachsen, es donnerte und blitzte, der Regen klatschte gegen die Fenster.

Papa rumorte auf dem Dachboden, bis jemand draußen nach ihm rief. Er eilte in den Garten und fand die Leiter. Darüber erhob sich ein langes Verwundern und Beraten. Erst nach einer Stunde gingen alle wieder beruhigt zu Bett: niemand Fremder zu finden — Bakonja mußte geflohen sein.

Am nächsten Morgen weckte mich die Köchin aus tiefem Schlaf.

»Sie sollen hinaus zum gnädigen Herrn, Junker!«

Ich sprang auf, zog andere Schuhe an (die von gestern waren drunten geblieben), steckte ein Papier in die Tasche und eilte zu Papa.

Er stand im triefenden Garten und zeigte stumm auf das Haus.

»Was soll die Schmiererei? Hast du das angerichtet, mein Sohn?«

»Ja«, sagte ich mit strahlendem Gesicht, »ich ganz allein mit Stephan.«

»Was bedeutet der Unsinn, wenn ich fragen darf?«

»Das hier, was der Regen so verwaschen hat, das heißt: ›Ich gratuliere dir lieber Papa.‹ Das dort oben auf dem Schornstein ist ein schöner Räuber gewesen. Jetzt ist die Farbe über das ganze Haus geflossen, und man sieht die Zeichnung kaum mehr.«

»Den Engel habt auch ihr zerbrochen?«

»Nur den einen. Stephan hat einen Nagel eingeschlagen. Dann haben wir mit Bast gebunden.«

»Mit Bast?«

Papa ergriff mich zornig an der Hand und führte mich nach dem Okulierbeet. Da hatte der Sturm alle Stöcke geknickt, weil sie losgebunden waren.

»Sag mir mal, bist du bei Sinnen? Bist du von Gott gestraft? Von der wilden Kuh gebissen? Oder nur dumm? Du hast mir das Beet verdorben, das neugetünchte Haus. Womit hast du es denn angestrichen?«

»Mit deiner Kopiertinte, Papa.«

Die Leute umstanden uns und lachten. Der Gärtner schimpfte. Stephans Vater kam und verlangte einen Wagen für den Doktor, sein Sohn habe Rotlauf, er sei über und über violett und könne sich nicht rühren. (Das Violette war von der Tinte.)

»Zum Rapport!« befahl Papa.

Ich trat bebend in die Kanzlei. Papa hielt eine lange, lange Strafpredigt und diktierte mir sieben Tage Einzelarrest. Jani, mein Rappe, sollte also sieben Tage eingesperrt bleiben, ohne daß ich zu ihm durfte. Das war das höchste Strafausmaß.

Ich wollte ja nicht, aber ... aber ... ich mußte weinen. Als ich das Taschentuch hervorzog, fiel ein Papier zu Boden. Papa hob es auf und las:

G e d i c h t
zu deinem heiligen Wilhelm
Liebster bester Papa!
Ich liebe dich, weil ich dich lieben muß
Ich sehne mich nach deiner Lippe Kuß
Ich habe dich lieber Papa so gern
Wie gar nichts auf der Erde
Nicht einmal den Jani lieb ich so da
Wie dich Wilhelm Roda Roda
Maul- und Klauenseuche komme nicht auf uns
Kein Hagel und kein Feuersbrunst
Die Schweine sollen haben viele Jungs
Das wünscht dir dein Sohn Marius.

Ich weinte noch immer herzbrechend. Papa schwieg. Als ich zu ihm aufblickte, da lachte er ein wenig. Er schloß mich in die Arme und sagte: »Marius — ausnahmsweise — weil heute gerade mein Namenstag ist — sehe ich dir die Strafe nach.«

Ich wollte es ihm nicht gleich glauben. Denn eine Begnadigung — das hatte ich bis dahin noch nicht erlebt. Als er mir's zum zweitenmal sagte, da fiel ich ihm jubelnd um den Hals, und die letzten Tränen rannen mir noch über die Backen. Nie vorher und nie nachher bin ich so glücklich gewesen wie damals.

Als Papa nachmittags über Feld wollte, führte man ihm seine Stute vor, die Amazone. Doch, mein Gott, wie sah sie aus! Stephan hatte ihr in der vorigen Nacht das Langhaar kurzweg gestutzt — Schweif und Mähne —, um den Pinsel daraus zu machen.

Mein Vetter, der Leutnant

Sieben Tage Arrest — diesmal hatte Papa mir sie nachgesehen —, eine Woche später mußte Jani dennoch daran glauben.

Und warum?

Ich hatte an der Tür gehorcht.

Der Pfarrer von Gradina war nämlich da, nachträglich Glück wünschen. Auch der Herr Graf, der Forstmeister von Leuckfeld, der Kaplan, General Geyer und Herr von Jonac. Eine ganze Gesellschaft.

Ich durfte nicht mit zu Tisch. Ich nicht und Fräulein Pauker nicht, die jetzt meine Gouvernante war. Die Herren wollten unter sich sein.

Amelie Pauker. Pautzing nannte ich sie — ich weiß nicht mehr, warum. Ich hielt sie für eine Slowakin, weil die erste Gouvernante, auch eine Amelie, Slowakin gewesen war. Und ich wollte nichts von Fräulein Pautzing lernen. Ich dachte mir: Wer weiß, am Ende bringt sie mir wiederum etwas Falsches bei, wie damals die Slowakin, und all meine Mühe ist umsonst gewesen.

»Maria«, sprach Fräulein Pautzing, »horch nicht an der Tür!«

Ich kehrte mich nicht daran und horchte dennoch.

Der Herr Forstmeister war in seiner schönen

Uniform — die Herren sprachen nun von Uniformen. Und von Gouvernanten. Redeten allerlei, was ich nicht verstand.

Nur so viel erschnappte ich, daß sie Papa neckten: Er sollte bloß eine Uniform haben, und dann wäre er schön.

Das will ich meinen. Papa war wunderschön. Groß und schlank — und hatte Augen, so blau und gut, daß man ihm gut sein mußte. Dunkelbraunes, volles Haar hatte er, eine hohe Stirn und gerade Nase. War sonnverbrannt im Gesicht, immer froh, und hatte einen goldenen Schnurrbart. Oh, Papa gefiel mir unter allen am besten.

Er strich nun seinen Schnurrbart — ich sah es durch das Schlüsselloch — und sagte: »Auch ich hab einmal Uniform getragen und keine schlechte: einen weißen Rock — bei Nachod und Königgrätz ist er rot geworden.«

»Waren Sie denn Soldat?« fragte der Kaplan.

»Kaiserkürassier Nummer elf.«

»Hoho«, sprach der Herr Kaplan bewundernd und wiegte den Kopf. Die andern Herren aber wiesen auf Papas Bildnis, das an der Wand hing.

Der Herr Kaplan blickte auf und staunte höchlichst.

»Herr«, rief er, »dieses Bild habe ich in Langendorf gesehen.«

»Nicht dieses, aber das gleiche«, sagte Papa. Und erzählte, wie es entstanden wäre: Eine Frau hätte beide Bilder malen lassen. Eines für sich, das andere für Papa.

Ich — am Schlüsselloch — brannte vor Erregung. Das . . . das hatte ich ja nicht gewußt. Welche Frau hatte Papa malen lassen? Warum?

Fräulein Pautzing wollte mich von der Tür ziehen — ich sträubte mich. Sie zerrte an — ich stemmte mich entgegen. Sie packte mich am Arm — ich krallte mich an die Klinke fest.

Da öffnete Papa die Tür und guckte, was es gäbe.

»Papa — Papa — sie hat dich malen lassen?« rief ich bebend aus.

Papa erblaßte vor Grimm und — was er noch nie getan hatte: Er schrie mich an.

»Marius!! Du hast gehorcht? Pfui! Pfui, Marius!«

Mir stockte das Herz in der Brust.

Er machte kehrt und sprach kein Wort mehr.

Ich aber war zerknirscht, vernichtet — am liebsten wäre ich gestorben vor Beschämung.

Ich schloß mich in mein Zimmer ein und wollte niemanden sehen.

Und mir schien es wie ein Geschenk, eine unverdiente, grenzenlose Huld Papas, als er mir nachher sieben Tage Arrest diktierte. Denn damit erkannte er mich doch wieder als die Seine an.

Sieben Tage Arrest sollte Jani haben für meine Unart, für mein Horchen — und das sehr solid, wirklich und wahrhaftig hinter Schloß und Riegel. Damit war auch mir die Bewegungsfreiheit genommen. Wenn ich zu Jani wollte, mußte ich über den Heuboden in den Stall kriechen — und das fand

Fräulein Pautzing äußerst unschicklich »für ein so großes Mädchen«.

Ich kroch dennoch über den Heuboden zu Jani und brachte ihm Äpfel, die er sehr gern mochte. Fräulein Pautzing hörte es von Lisi, unserer Köchin, und verfehlte nicht, es Papa zu stecken. Jani kriegte »wegen Nichtbefolgung eines Befehls« noch drei Tage Arrest.

Aus Rache warf ich Fräulein Pautzings falsche Zähne in den Brunnen. Zu meinem Unglück fielen sie in den Eimer, und Lisi fand sie. Jani bekam »wegen frecher Verhöhnung einer Vorgesetzten« weitere sieben Tage — schrecklich, schrecklich — und wurde bloß eine Stunde täglich vom Kutscher spazierengeführt.

Da hörte ich, wie Papa dem Fräulein erzählte: Die Kunde von Bakonjas Unwesen sei nun schon bis nach Wien gedrungen, und der Kaiser habe ein Regiment Ulanen herbeordert, damit sie nach dem Rechten sähen — eben jene Ulanen, bei denen mein Vetter, der Leutnant steht; Freitag würde er mit seinem Regiment hier durchmarschieren, und Papa habe die Herren Offiziere zu uns eingeladen.

Mein Vetter, der Leutnant — also der älteste Kolinsky.

Es gab der Kolinsky drei: Giulio, den Leutnant — Artur, Kadettenschüler in Weißkirchen — und Attila, den jüngsten, auf dem Gymnasium. Alle drei meine Freunde, alle drei waren oft auf Ferienbesuch bei uns gewesen.

Nun kommt also Giulio, der Leutnant. Wenn Jani

frei gewesen wäre, könnte ich meinem Vetter entgegenreiten. Leider wird diesmal nichts daraus.

Am Abend, als wir schlafen gingen, fragte ich Fräulein Pautzing, ob sie sich freue, daß die Herren kommen. Worauf sie schalt: Es gehe mich nichts an, und wenn ich den Herren wieder so sinnloses Zeug über sie erzählen würde wie unlängst Herrn von Leuckfeld, dann gäbe sie mir zwei Muster zu häkeln.

Ich wurde mucksmäuschenstill. Nicht des Häkelns wegen — gehäkelt hätte ich ja doch nicht —, sondern Janis wegen, dem es wieder schlimm ergangen wäre.

Ich sagte gute Nacht und ging zu Bett. Konnte aber nicht einschlafen, weil ich immer an meinen Vetter denken mußte, den Leutnant. Er kommt, um Bakonja zu fangen. Wenn er ihn fangen reitet — ich ziehe mit ihm. Und ob mir Giulio wieder ein Schiff bauen wird, wie vor etlichen Jahren, als er bei uns war? Und einen Drachen? Einen sehr, sehr großen Drachen? Besonders um den sorgte ich mich. Es wäre ein Hauptspaß, so ein riesiger Drache. Ich würde ihn steigen lassen und dann Tomy, meinem Hund, an das Halsband binden.

Man kann auch zwei Drachen übereinander steigen lassen, in zwei Etagen; dann fliegt der obere so hoch, daß man ihn kaum noch sieht — bis in den Himmel.

Je mehr ich über die Drachen nachdachte, desto bestimmter fühlte ich: Ich muß meinen Vetter sehen, ehe das Fräulein ihn gegen mich aufgehetzt hat; sonst verdirbt sie mir den Spaß.

Zeitig, es lag noch Tau, eilte ich hinaus zu Stephan. Unterwegs traf ich den Kutscher Gabriel. Er fuhr Dünger auf das Feld, eben in der Richtung. Ich setzte mich zu ihm auf den Wagen, und wir kamen ins Gespräch. Er war jüngst von den Soldaten zurückgekehrt und erzählte davon. Erzählte ein langes und breites vom strengen Dienst, von seinen Erlebnissen, wie hoch angesehen er beim Militär gewesen sei, erzählte munter, und so kam ich unvermerkt auf die Dugamedjer Heide, zum kleinen Stephan.

Ich sagte Stephan, ich wollte meinem Vetter, dem Leutnant, entgegenreiten und müsse dazu einen Trompeter haben; Gabriel hatte mir ausdrücklich gesagt: sein Rittmeister wäre keinen Schritt geritten ohne den Trompeter hinter sich.

»Was«, sagte Stephan, »ich soll mit dir? Wird sich schwer machen lassen. Ich kann nicht von der Herde weg, ich bin jetzt Gehilfe, und Freitag geht mein süßer Vater wieder stehlen. Wenn du durchaus einen Trompeter brauchst — gibt es nicht andere Jungen?«

Er sagte es kalt heraus, um mich zu verletzen. Ich wollte mir's nicht ganz mit ihm verderben, würgte meinen Ärger hinab und entgegnete: »Gut, ich will mir einen anderen Jungen suchen. Aber wir haben keine Pferde.«

»Und keine Säbel«, warf Stephan hochmütig ein.

»Säbel . . .«, erwiderte ich kleinlaut, »brauchen wir Säbel?«

Er zog verschmitzte Augen.

»Die Soldaten werden dich schön auslachen, wenn du mit einem Trompeter daherkommst und ohne Säbel.«

Er erklärte sich bereit, zwei Säbel zu schnitzen — die Scheide aus Birkenrinde —, doch nicht unter zwei Kreuzer das Stück, weil es zwei sehr feine Säbel werden würden.

Ich hatte kein Geld.

Wenn ich schwöre, ihm Montag vier Kreuzer zu geben, würde er mir die Säbel auf Borg machen.

Ich schwor also — über die Zahlung wird sich ja noch reden lassen.

Mein Versprechen machte ihn weich.

»Wegen der Pferde«, sagte er, »da ist leicht zu helfen: du kannst dir vom Schafhirten die Agitza ausbitten.«

»Das ist doch eine Eselin.«

»Nun — und? Für dich die Eselin, und ich will mir ein Pferd von der Bauernweide holen.«

Ich dankte ihm für seine Bereitwilligkeit und wollte gehen. Er aber hielt mich noch zurück und zeigte mir, wie er sich ein großes Schwein zugeritten hatte. Ich durfte auch versuchen.

In der Dämmerung, als alle noch schliefen, nahm ich mein Gewehr und schnallte es mir an Fräulein Pautzings Plaidriemen wie einen Karabiner auf den Rücken. Aus der Sattelkammer holte ich Papas funkelgelbe Pritsche, für Stephan den alten Bocksattel. Er wollte aber keinen Sattel haben, er sei es nicht gewohnt.

Dann gingen wir in den Schafeingang und schirrten Agitza. Sie sah sehr elegant aus und bockte nur wenig. Ich freute mich, daß ihr alles so schön paßte.

Nur die Gurten waren etwas zu lang. Stephan schlang zwei Knoten darein. Für sich selbst hatte er schon in der Nacht einen Bauernkrampen von der Dorfweide geholt und ihm einen Strick durch das Maul gezogen. Auch die Säbel hatte er gebracht, sehr handlich und brauchbar, und vom Nachtwächter das Horn entliehen.

So ritten wir fort, als die Sonne aufging, nach Gutta, meinem Vetter, dem Leutnant, entgegen. Stephan schwärmte immerfort von den Soldaten und blies dazu. Ich aber dachte nur an den Drachen. So groß — so groß wie unsere Kellertür mußt er werden. Der Schweif, den machen wir aus der »Landwirtschaftlichen Zeitung«. Den Faden — wenn nur das Fräulein ihre Nähseide noch nicht zerschnitten hat, ehe wir heimkommen! Ich habe vergessen, sie zu verstecken.

Vielleicht macht mir mein Vetter, der Leutnant, zwei Drachen, einen großen und einen kleinen, als Entgelt dafür, daß ich ihm entgegenreite. Mich bei ihm verpetzen soll Fräulein Pautzing nicht, dafür will ich schon sorgen. Ich sperre sie im Keller ein, wenn sie abrahmen geht — wenigstens so lang, bis mein Vetter, der Leutnant, den großen Drachen versprochen hat. Als Leutnant muß er alles halten, was er verspricht, auch wenn es ihm nachher unangenehm ist. Das ist so bei den Offizieren.

Indessen waren wir schon bei Magodinowatz, und von den Soldaten noch keine Spur. Stephan blies nicht mehr und wollte auch nicht weiter mit. Ich stritt mit ihm, und als er durchaus nicht nachgab, hielt ich es mit ihm wie Kolumbus mit den Matrosen: Nur noch bis zu Leuckfelds Waldecke sollte er mitkommen — wenn sich dann noch keine Soldaten zeigten, würden wir umkehren.

Ich bewog ihn mit Mühe, an des Herrn von Leuckfelds Waldecke ein wenig zu rasten. Die Ulanen mußten ja gleich kommen.

Sie kamen aber nicht.

Er wollte auf sein Pferd und nach Haus — ich ließ ihn nicht aufsitzen.

»So? Dann laufe ich davon«, drohte er.

»So? Dann schieße ich dir nach.«

Das wirkte. Er blieb.

Wir warteten ungeduldig. Meine Eselin und sein Pferd grasten still, Stephan und ich waren auf einen Baum geklettert und lugten aus.

Plötzlich sahen wir zwei Reiter kommen, saßen hurtig auf und trabten ihnen entgegen. Stephan blies, so gut er konnte.

Die Reiter freuten sich sehr, als sie uns sahen — mein Vetter, der Leutnant, war nicht dabei. Sie sagten, er käme später.

Da wirbelte Staub auf, und man hörte Pferde trappeln. Wir galoppierten drauflos.

»Blas, Stephan!«

»Ich kann nicht, wenn es so schnell geht«, stöhnte er.

Ich parierte, und Stephan blies.

Vorn ritten die Offiziere — lauter Gold und Silber —, dann die anderen Soldaten. Sie wieherten wie Pferde, und ich lachte erst recht, als ich sah, welches

Vergnügen ich ihnen machte. Ich musterte sie alle genau — mein Vetter, der Leutnant, war nicht dabei.

»Wen suchst du, schönes Kind? Was kostet dein Hunter?« fragten sie mich, und ich meinte, sie müßten vor Lachen von den Pferden fallen.

»Ah — da sieh einmal die kleine Amazone an!« spottete der Höchste von ihnen. »Wie alt bist du denn, Fräulein?«

»Ein Fräulein bin ich nicht — und die Amazone schon gar nicht, die steht zu Hause im Stall.«

»Aber klein und nichtsnutzig bist du.«

»Wenn ich erst so groß bin wie Sie, werde ich noch viel größer sein als Sie«, gab ich zurück.

Da brachen sie wieder in Gelächter aus, Offiziere und Soldaten.

»Wo ist denn mein Vetter, der Leutnant?« fragte ich, verdrossen über die Spötteleien.

»Was, du hast einen Vetter, der Leutnant ist? Ist er dein Bräutigam?«

»Nein, aber vor zwei Jahren haben wir immer Drachen gemacht, da reite ich ihm entgegen.«

»Und wer ist der Drachenfabrikant?«

»Giulio Kolinsky.«

»Ah, der kleine Giulio?« riefen sie aufgeräumt. »Er hat vor zwei Jahren Drachen geleimt? Na, komm nur, Base, wir führen dich zu ihm.«

Ich mußte den Säbel ziehen, und Stephan mußte blasen.

»Giulio! Giulio!« riefen sie. »Hier kommt dir deine Base entgegen, mit der du vor zwei Jahren Puppen gespielt hast.«

Als er mich erkannte, wurde er glühend vor Haß — ganz anders als die andern, die sich so gefreut hatten. Er fluchte und nannte mich ein keckes Ding und eine alberne Trude.

Dieses Empfangs hatte ich mich nicht versehen. Die Augen brannten mir vor zurückgehaltenen Tränen. Ich hieb der Agitza mit dem Säbel eins über die Rippen und galoppierte feldein. Zehn Minuten hörte ich noch das Lachen hinter mir her.

Ich wollte nicht nach Hause. Zu Mittag blieb ich bei Herrn von Leuckfeld. Gegen Abend ritt ich traurig heim. Die Drachen hätte ich am Ende verschmerzt. Doch was wird Papa sagen, wenn er sieht, daß ich seine neue gelbe Pritsche und sein Zaumzeug genommen habe? Und den ganzen Tag weggeblieben bin? »Unbefugte Entfernung — erster Rückfall.« Ach, ich hatte unbeschreibliche Angst.

Ich ritt hinten herum auf den Schafstall zu, sattelte Agitza ab und versteckte das Reitzeug im Heu. Vielleicht, dachte ich mir, hat Papa noch nicht gemerkt, daß es fehlt. Dann verbarg ich den Säbel, schob den Plaidriemen in die Tasche, nahm das Gewehr und schoß eine Elster — damit ich wenigstens eine Ausrede habe, wenn Fräulein Pautzing fragt, wo ich gewesen bin.

Und dann — ja, dann ging ich pochenden Herzens heim. Ich sah schon von fern Papa mit den Herren im Garten sitzen und schlich mich an, um nach der Stimmung zu lauschen. Alle schwatzten fröhlich — auch Papa.

»Heute hab ich siebzehn Satteldrücke in der Schwadron«, sagte einer.

»Was?« rief Papa. »Siebzehn Drücke? Wie ist das möglich?«

»Ja, weil uns deine Tochter entgegengeritten ist. Darüber schüttelten sich die Leute so vor Lachen, daß sie die Gäule drückten.«

Papa stimmte ein — und ich wagte mich hervor wie ein begossener Pudel.

Sie empfingen mich so heiter, als käme ein lieber Gast. Sie küßten mich und lobten mich.

Und Papa? Ich sah nur nach ihm. Ging auf ihn zu und machte ein möglichst furchtloses Gesicht. Wenn ich weinte, fiel es immer ärger aus, als wenn ich mannhaft tat.

Er streichelte mir den Kopf, sagte mir »schauerlicher Kerl« — und rief nach der Köchin, damit sie mir Essen bringe.

Nach einer Weile, als ich über Papas guter Laune wieder Mut gefaßt hatte, sah ich mich nach meinem Vetter um, dem Leutnant. Er war nicht da. Die Herren sagten mir, er wäre auf seinem Zimmer.

Ich ging hin — und wer . . .

. . . wer trabte im Hof umher?

Jani.

Papa hatte ihn freigelassen. Ich umarmte Jani und weinte Freudentränen. Nein, so schön hatte ich mir diesen Abend nicht vorgestellt. Nun verzichte ich auf die Drachen, dachte ich.

Im Zimmer waren wirklich Giulio und Fräulein Pautzing. Sie fielen über mich her wie zwei Wilde.

»Ich versichere, Fräulein«, rief mein Vetter, der Leutnant, »das Mädel hat mich vor meinen Kameraden so lächerlich gemacht, daß ich gar nicht draußen bei ihnen sitzen mag. Ich werde wegen der Drachen in einer Art gestichelt, die ich nicht vertrage.«

Zu mir sagte er nur: »Borniertes Ding!«

»Hol Limonade für den Herrn Leutnant und mich!« gebot Fräulein Pautzing.

Ich schüttelte den Kopf. »Bin ich das Stubenmädchen?«

»Wirst du gleich Limonade holen?«

Da ging ich und bereitete Limonade für den Herrn Leutnant und das Fräulein Pautzing. Ich nahm Seifenwasser und mischte etwas Gummiarabikum darein. Obenauf ließ ich eine Zitronenscheibe schwimmen.

Im Ziegelschlag

Fräulein Pautzing, die Arme, floh bei Nacht und Nebel. In einem zurückgelassenen Brief schrieb sie, das Grauen vor mir hätte sie vertrieben.

Eine Miss Fergusson nahm die verlassene Stelle ein. Ich denke gern an diese Miss Fergusson zurück. Sie begleitete mich auf meinen Fahrten — und wenn Jani einmal durchging: Miss Fergusson hatte keine Angst. Ich stellte sie auf die Probe, ich führte sie in unsere große Herde: Die Miss hatte auch keine Angst vor dem Stier.

Gegen mich war sie streng, doch stets gelassen und selbstbewußt. Ich blickte mit Liebe zu ihr auf. Von keiner andern Gouvernante habe ich mehr gelernt als von ihr.

Sie war ziemlich groß, rotblond und kräftig. Wenn einmal ein Tisch zu rücken war, ins Licht, damit ich besser schreiben könnte: Miss Fergusson klingelte nicht erst lange der Köchin und dem Stubenmädchen; sie packte einfach den Schreibtisch und setzte ihn an seine Stelle.

Ich sprach ihr von Herrn Bakonja, daß er eines Nachts auch bei uns erscheinen könnte.

Alle Gouvernanten bisher hatten vor der Möglichkeit gebangt und gebebt.

Miss Fergusson lächelte nur und sagte: »Well, der Gentleman soll sich uns vorstellen.«

Ich rief begeistert: »Ha! Nicht wahr? Wir werden ihm schon heimleuchten. Wir schießen.«

»Schießen, Maria? Das tut man doch nicht, das wäre ganz verkehrt. Diese Wilden sind wie Kinder. Man muß fest bleiben und sie scharf ansehen, dann kuschen sie von selbst.«

Ich war begeistert und wollte mit Miss Fergusson in den Wald, Herrn Bakonja scharf ansehen.

Ich glaube, sie rang selbst meinem Papa Achtung ab. Er freute sich, mich in so guten Händen zu wissen.

Einmal sagte Papa: »Sind Sie schon lange hier auf dem Kontinent, Miss Fergusson?«

»Erst drei Jahre«, antwortete sie.

»Und vorher?«

»Vorher bin ich in England und den Kolonien gereist.«

»Ich verstehe ›gereist‹, Miss Fergusson?«

»Nun ja, der Zirkus, in dem ich beschäftigt war, als Bändigerin, hat sehr oft seinen Aufenthalt gewechselt.«

Himmel! Nach dieser Eröffnung liebte ich Fräulein Fergusson doppelt. Ich wäre durchs Feuer für sie gegangen.

Papa aber blickte stumm vor sich in den leeren Teller.

Am nächsten Tag gab er Miss Fergusson den Abschied.

»Wirklich«, sagte er, »mir tut es selbst leid um

diese Frau. Sie war nett in ihrem Wesen, eine vorzügliche Lehrerin, ein guter Charakter — wir werden keine ähnliche finden. Leider kann ich nichts machen, Marius. Du verstehst das noch nicht; aber glaub mir, es würde dir für dein ganzes Leben als Komik anhaften, wenn die Leute erführen, daß du von einer Tierbändigerin erzogen worden bist.«

Ich habe damals sehr geweint.

Die vierte Gouvernante hieß Fräulein Wagemund.

Na, ich hatte mir im Lauf der Zeit eine gewisse Erfahrung im Gouvernantenwesen erworben. Wenn ich nun sage: Fräulein Wagemund war ein Unikum von Gouvernante, wird man mir glauben dürfen. Jede Lehrerin geht widerwillig an das Klavier heran oder doch wenigstens gleichgültig. Fräulein Wagemund aber liebte das Klavier, und die abgehackten Töne einer Unterrichtsstunde, die jeden rasend machen, waren ihr eine Quelle melodischen Genusses.

Ich bin nicht engherzig und phantasielos. Ich begreife, daß sich eskimotische Schleckermäuler an Lebertran gütlich tun. Ich verstehe auch die Botokuden, die sich Korke in die Nase stecken und das für notwendig und praktisch erklären. Es mag ja seine Vorteile haben. Nur die Europäer fasse ich nicht, die Freude an Musik empfinden. Musik ist von allen denkbaren Geräuschen das weitaus unangenehmste.

Soviel ich auch Papa anflehte, er möchte mir das Klavierspielen erlassen, er blieb unerbittlich.

»Mein Sohn muß musizieren können«, sagte er. »Alle jungen Leute von Schliff und Bildung spielen wenigstens ein Instrument.«

»Aber du, Papa, warum kannst du es nicht?« fragte ich bescheiden.

»Weil mein Vater auf sein Kind nicht so bedacht war wie deiner.«

Da rief Fräulein Wagemund, und ich mußte zur Stunde.

Wie immer, wenn mich etwas drückte, ritt ich auf die bestockte Heide zu meinem Freund, Schweinehirts kleinem Stephan, um ihm mein Leid zu klagen.

Ich traf ihn beim Hutausbessern: Er spannte seinen schadhaften Filz über einen halben Flaschenkürbis und nähte ihn am Rand fest. Er lud mich in eine hohle Weide ein, die er zur Villa eingerichtet hatte, und gab mir gebratene Ameiseneier zu essen. Was aber das Klavierspielen angeht, da wußte er mir keinen Rat.

Betrübt, um eine Hoffnung ärmer, wandte ich meinen Jani nach Haus. In träumerisch-wiegendem Paß ging es die Linie entlang, vorbei am Ziegelschlag.

»Bon giorno, bon giorno, signorina, come sta?« rief Giuseppe, der Partieführer der Ziegelschläger, und deutete nach hinten. Aus der Lehmgrube tönte eine Klarinette, dazwischen eine Trommel, eine Geige, ein Schellenbaum und Schlagzeug.

Giuseppe hielt galant mein Pferdchen und lachte mir freundlich zu. Ich sprang ab und lief an den Rand der Lehmeskarpe.

Unten stand ein Italiener mit einer Messingtüte auf dem Kopf und einer Trommel auf dem Rücken, die schlug er mit dem Unterarm. Er blies Klarinette, und wenn er mit dem Fuß aufstampfte, klirrten oben auf der Trommel die Tschinellen. Zu alledem spielte Awram, der alte Zigeuner, die Geige, und die anderen sangen mit hellen Stimmen.

Ich konnte mich über den Italiener nicht genug wundern. Wie, dieser geniale Mann macht mit Händen und Füßen Musik auf vier Instrumenten zugleich, und ich — ich kann kein einziges erlernen?

»Awram«, bat ich den Zigeuner — er kochte jetzt täglich für die Ziegelschläger und hatte von ihnen Italienisch erlernt —, »Awram, frag doch diesen Herrn, wie er das alles eingeübt hat. Ich möchte es auch gern können.«

»Eh, holde Königstochter, du wirst es nie erlernen, und es wär dir auch nichts nütze. Denn sieh: wenn du es auch könntest — wo nimmst du die kostbaren Geräte alle her, die man dazu braucht? Hast du Geld, dir solch eine goldne Mütze zu kaufen, die goldnen Teller, die große silberne Trommel? Von der Pfeife rede ich nicht, die könnt ich dir schnitzen.«

»Ach, Awram, du hast recht. Ich kann nicht einmal Klavierspielen erlernen, wo man doch nur zwei Hände dazu braucht — geschweige denn diese Zauberei.«

»Klavierspielen ist schwer«, sagte mein alter Freund verständnisvoll. »Ich kenne das. Da lob ich mir die Geige. Jeder, der sie anfaßt, kann sie schon halb meistern.«

»Wieso, Onkel Awram?« fragte ich interessiert und zärtlich.

»Je nun, adliges Schwälbchen, was die rechte

Hand beim Geigen tut — so — mit dem Bogen hin und her fahren, das triffst du gleich, wenn du das Ding nur in die Hand zu nehmen geruhst. Es ist gerade wie mit einer Baumsäge. Bleibt dir nur noch eine Kleinigkeit mit der Linken zu erlernen, und du bist eine fertige Primgeigerin.«

Am nächsten Sonntag saß ich von Morgen bis Abend auf dem warmen Ziegelofen und fiedelte unverdrossen: »Hör mich, du — du, Mädel mit'm kurzen Röckel.«

Neben mir richtete Onkel Awram eine Geige her, die seit Menschengedenken unbenutzt in Papas Spiegelschrank gelegen hatte. Papa soll sie einst von seinem Großoheim geerbt haben. Gestern hatte ich mich ihrer erinnert und sie heimlich mit hinaus in den Ziegelschlag genommen.

Ich wollte durchaus geigen lernen. Mir schien es leichter, viel leichter als das Klavierspielen. Hatte es doch sogar der dumme Ilia begriffen. Papa, dachte ich mir, wird mir dann das Klavier erlassen.

Am Abend des zweiten Sonntags sagte Awram: »Sproß am herzoglichen Stamm, du hast nun gründlich ausgelernt. Ich will noch ein übriges tun und schenke dir die schöne gelbe Violine, die du in der Hand hältst. Das alte schwarze Ding aber, das du mitgebracht hast, will ich behalten. Für den armen Zigeuner wird es gut genug sein.«

Als er so sprach, standen ihm die Tränen in den Augen. Auch ich war gerührt von so viel Güte, dankte ihm tausendmal und fuhr nach Haus.

Papa saß auf der Veranda. Ich blieb außerhalb

des Gartens, langte meine Geige vor und fing an: »Hör mich, du — du, Mädel mit'm kurzen Röckel.«

Ich wollte sehen, welches Almosen mir Papa wohl geben würde.

Kaum hatte ich begonnen, da rief Papa nach dem Kutscher.

»Matthes! Geh hinaus und spalt dem Nichtswürdigen, der da draußen spielt, auf meine Kosten den Schädel!«

»Ich bin es, Papa«, rief ich nun, »ich — Marius!«

Er wollte es zuerst nicht glauben und kam sich persönlich überzeugen. Dann hieß er mich noch einmal spielen. Ich tat es.

Da legte Papa ernst und schwer seine Hand auf meinen Scheitel und sagte: »Mein Sohn, ich enthebe dich hiermit des Musizierens auf ewige Zeiten. Wirf alle Noten und wirf auch deine Violine ins Feuer. Aus dem Klavier werde ich eine Hühnersteige machen lassen.«

Am nächsten Tag kam die Sprache zufällig auf Papas alte Geige. Ich erwähnte den guten Tausch, den ich mit Onkel Awram abgeschlossen hatte.

Papa setzte sich sofort aufs Pferd und jagte nach dem Ziegelschlag. Doch von Onkel Awram fand er keine Spur mehr.

Der Weg nach Gradina

Nach Gradina, dem nächsten Marktflecken, wo es eine Kirche gab und das Postamt, nach Gradina hatten wir es von Ilintzi eine gute Stunde — mit guten Pferden und bei gutem Weg.

Nun hatte der Weg nach Gradina aber die sonderbare Eigenschaft, niemals gut zu sein. Im Sommer dürstete die Ebene rund um uns mit klaffenden Rissen nach Wasser: und der Weg nach Gradina stand, unbekümmert um den höllischen Sonnenbrand, noch voll der tiefsten Pfützen — voller Pfützen der ganzen Breite nach, die so groß waren, wie die von fünf andern Landwegen zusammen. Jedes Fuhrwerk blieb stecken. Rief dann Papa die Gespanschaft zu Hilfe, so kam nach erbitterndem Warten eine Kommission, die meinem Papa recht gab — und dann jedes Jahr ein langer Ukas, der sich auf das Kommissionsprotokoll berief.

Papa warf ihn in die größte Pfütze, schwenkte ihn darin mit der Reitgerte um und äußerte Ansichten über die Regierung, die streng bestraft werden, wenn sie aufkommen. Dann ließ Papa Faschinen flechten, Prügelholz und Steine fahren und besserte den Weg auf eigene Kosten aus. Die nächste Kommission der Gespanschaft sollte wenigstens bis zu jener Stelle gelangen können, wo Papa ihr zum Spott hatte ein Marterl setzen lassen mit der Inschrift:

Halt still, entblöß den Kopf, mein Sohn,
Durchs Unglück jäh betroffen!
Hier ist die letzte Kommission
Vom Komitat ersoffen.

War es — im Juni etwa — der unwiderstehlichen Sonne gelungen, den Weg auszutrocknen, dann bedeckte die Fahrbahn gleich einer alten Kokette ihr Gesicht mit einer dicken Schicht von Puder. Wehe dem Wanderer, den eiserne Notwendigkeit zu solcher Zeit nach Gradina trieb! Sein Wagen hüllte sich in eine haushohe, undurchsichtige, erstickende Staubwolke — und die Staubwolke folgte dem Wanderer, jener alttestamentarischen Wolke gleich, die die Kinder Israels dereinst durch die Wüste geleitet hat. Sie folgte dem Wagen, wirbelte immer höher auf und zeichnete seine Spur weithin in den Himmelsraum — wie der Rauch, der am fernen Horizont die Eilzugslokomotive verrät. Der Wegstaub von Gradina war berühmt in drei Königreichen. Er machte jeden Windhauch zum Samum und legte sich immer erst nach dem siebenten Gewitter.

Im Winter wieder, wenn der Weg gefroren war, bildeten seine tief ausgefahrenen Gleise zerklüftete Wälle, seine Pfützen spiegelglatte Meeraugen. Jedes Pferd brach sich das Bein, wenn es mit dem Huf in einen Wolf geriet; Wölfe, das sind locker beeiste Luftblasen. Gewöhnlich kostete aber eine Fahrt nach

Gradina nur eine Achse oder ein Rad — so war es mir damals nach dem Hagelwetter ergangen. Federwagen hatten wir uns längst abgewöhnt.

Die Leute machten sich lustig über uns und unsere prächtige Straße, und das vertrug Papa ganz und gar nicht.

Man erzählte sich: Bakonja, der doch überall rundum sein Wesen trieb, nur auf Ilintzipußta war er noch nie gewesen — Bakonja fürchte eben, unterwegs zu uns steckenzubleiben.

Einmal, erzählten sich die Leute in Gradina, einmal sei der Herr Graf im Viererzug zu uns hinausgefahren. Von Dugamedja an schon wären die Pferde bis an die Sprunggelenke im Dreck gewatet, Schritt vor Schritt, immer langsamer, und hinten im Wagen der Herr Graf zog die Knie ans Kinn, denn der Schlamm brandete zu ihm von beiden Seiten.

Endlich sprach der Kutscher: »Gräfliche Gnaden, die Gäule dampfen und können nimmer weiter, ich muß sie ausschnaufen lassen.«

»Gut«, sagte der Herr Graf, »halt an und laß sie verschnaufen!«

Während sie aber hielten, sank das Gespann immer tiefer und tiefer — schließlich hatte der Herr Graf alle Mühe, seinen Vollbart aus dem Meer zu retten.

»Michel«, soll er gerufen haben, »spann das Voraushandpferd aus und reit nach Ilintzi: man möchte uns Hilfe schicken.«

Als die Hilfe aus Ilintzi endlich kam — zehn

Mann mit Bohlen und Brettern, Krampen und Schaufeln —, da hätte man vom gräflichen Fuhrwerk nichts mehr gesehen als die Bogenpeitsche.

Und als die Leute schufteten und gruben und nach harter Müh den gräflichen Viererzug freigelegt hatten: da seien sie beim Graben ganz unten immer wieder auf Holz und Eisen gestoßen.

Sie gruben weiter — unverdrossen —, und was entdeckten sie? Unter dem gräflichen Viererzug stak noch ein andrer Viererzug: den sollte mein Papa, in Voraussicht des Unglücks, dem Herrn Grafen am Morgen entgegengeschickt haben.

So erzählten sich die Herren an den Stammtischen in Gradina. Papa ärgerte sich sehr.

Eines Tages nach der Schneeschmelze kam der Herr Rote Kohn aus Gradina zu uns auf die Pußta, Mais kaufen. Er wurde mit Papa auch richtig handelseins, vier Waggons zu viereinviertel Gulden, und blieb gleich zu Mittag, um den Kauf zu begießen.

Es ging alles ganz rund und flott, nur als Herr Kohn zur Pfeffermühle griff, da erschrak er über das Geknatter. Es war da nämlich Schießpulver darin, aber nur ganz wenig, das sich beim Mahlen entzündete. Papa war deswegen sehr böse auf mich und blickte mich immerfort drohend an.

Plötzlich sagte Herr Kohn: »Wissen Sie schon, daß der Banus demnächst nach Gradina kommt?«

»Wie? Was?« fragte Papa sehr rege. »Der Banus?«

»Jawohl«, erzählte Herr Kohn, »der Banus kommt, Seine Exzellenz höchstselbst, zu uns.«

»Was will er denn plötzlich?«

Herr Kohn lächelte überlegen und sprach: »Ja, ja, ich habe auch gestaunt und mich gefragt, was den Besuch veranlaßt haben könnte. Jetzt glaube ich den Grund zu wissen . . .«

»Und der Grund ist, Herr Kohn?«

»Bakonja.«

»Wieso Bakonja, Herr Kohn?«

»Ganz einfach: Man hat doch oben bei der Regierung in Budapest und Wien schon vom Räuberunwesen in unserm Komitat gehört — wäre sonst ein Regiment Ulanen hergeschickt worden? Nun, und soviel Gerede von der Unsicherheit in seinem Verwaltungsgebiet muß den Banus doch beschämen, nicht wahr? Nun reist er ausgerechnet hierher, um grade zu beweisen, daß er für seine Person sich nicht fürchtet, daß die Zustände so arg nicht sind, wie man oben meint.«

»Vielleicht haben Sie recht mit Ihren Vermutungen«, sagte Papa.

»Ein so hoher Herr hat nicht schwer herumkutschieren und mutig sein«, fuhr Herr Kohn wehmütig fort. »Für ihn sorgt man, ihn schützt man . . . Werden Sie sehen, wie alle Gendarmerie, alles Militär wird für die Sicherheit des Banus aufgeboten werden. Ich aber, der einfache Steuerträger, wer behütet mich?«

»Nun, Herr Kohn, Bakonja hat Ihnen doch noch nie etwas getan?«

»Gewiß, unberufen, tojtojtoj! Und«, setzte Herr Kohn aufatmend hinzu, »für die nächste Zeit ist ja auch nichts zu befürchten, die Behörden werden jetzt vor der Banusreise doppelt wachsam sein, Bakonja dreifach still und vorsichtig ... so lange, bis der Banus kommt.«

»Aber wann, wann kommt der Banus?«

»Der Tag ist natürlich noch nicht bestimmt. Gestern ist ein Schreiben von der Landesregierung aus Agram an den Bürgermeister gelangt: man möge alles Nötige für die Reise Seiner Exzellenz vorbereiten, möge Vorschläge machen für die Empfangsfeierlichkeiten, ein Programm für den Aufenthalt entwerfen und so weiter. Der Banus bleibt einige Stunden. Er wird wohl die Behörden wollen zur Verfolgung Bakonjas anstacheln.«

»Ja, aber wann kommt er?« beharrte Papa.

»Oh, erst im Herbst; so was wird ja immer schon monatelang vorher angekündigt.«

Fräulein Wagemund, die Gouvernante, wußte nicht, was der Banus ist. Ich klärte sie auf: Geradeso wie der Schaffner nach Papa auf der Pußta, so ist der Banus nach dem König im Land der Höchste.

»Ah, wie bei uns in Preußen 'n Oberpräsi ...«

»Bitte, etwas so Hohes wie einen Banus gibt es bei Ihnen überhaupt nicht«, unterbrach ich leidenschaftlich. Ich haßte die Preußen, weil der einzige Preuße, den ich kannte, meine Gouvernante war.

Von nun an hörte man allerorten nur noch vom Banusbesuch erzählen.

Der Herr Bürgermeister von Gradina — Papa nannte ihn den Fleckenkopf, ein Marktflecken könne doch kein Stadthaupt haben — der Fleckenkopf von Gradina also trug, seit er wußte, daß er demnächst würde eine Rede an Seine Exzellenz, den Banus, halten, eine goldne Brille und ging nie mehr mit seiner Frau spazieren — sie war nur eine Fleischerstochter. Herr Kohn ließ ein neues Tor an seinen Laden zimmern, rot-weiß-blau, in den Landesfarben. Darüber eine Tafel: »Königliche Tabaktrafik« mit der heiligen Stephanskrone in Gold und Juwelen und dem kroatischen Schachbrett-, Marder- und Löwenwappen — so groß, daß man von weitem meinen konnte, Kohns Laden wäre die Königliche Landwehrkaserne. Der Herr Lehrer dichtete unter Anlehnung an den berühmten Dichter General Preradowitsch eine Festode und ließ sie von der kleinen Tochter des Gemeindenotars auswendig lernen. Täglich änderte der Herr Lehrer etwas an seinen Versen — das arme Kind war blaß vom ewigen Memorieren.

Einmal sagte mir Papa: »Mach dich fertig, Marius, wir fahren nach Gradina.«

Kaum hatten wir die Pußta Ilintzi verlassen, da blieben wir schon in der »runden Pfütze bei den Pappeln« stecken. (Die Pfützen des Weges nach Gradina hatten ihre Namen — Gegenstände der Geographie.) Ein Zugstrang riß, und während der Kutscher ihn ersetzte, fluchte Papa zehntausend Fuhren Heidengötter auf die Regierung hernieder, einen höllischen Dudelsack und einen stinkenden Spatzen. Papa fluchte immer ungarisch und kroatisch; es geht leichter von der Zunge.

»Aber warte nur, Marius, der Weg nach Gradina wird bald anders werden.«

Halt still, entblöß den Kopf, mein Sohn,
Durchs Unglück jäh betroffen!
Hier ist die letzte Kommission
Vom Komitat ersoffen.

So stand auf dem Marterl geschrieben. Doch was war das? Da prangte ja, kaum hundert Schritt weiter, schon wieder ein Marterl? Und noch eins und noch eins und immer noch eins? Papa hatte ihrer etliche zwanzig längs des Weges nach Gradina setzen lassen. Sie zeigten Abbildungen von versunkenen Wagen, und drunter standen allerhand Verse:

Hier schritt ein Ochs entlang der Straße,
Versank, ach, in der breiigen Masse,
Mußt elend seine Seel aufgeben —
Der Bürgermeister blieb am Leben.

»Du, Papa ...«
»Was denn, Marius?«
»Darf man denn das?«
»Was denn, Marius?«
»Solche Verse auf die Herren machen?«
»Nein, Marius.«
»Du, Papa ...«
»Was denn, Marius?«
»Was geschieht einem, der nun doch solche Verse macht, wie zum Beispiel du, Papa?«

»Solch ein Mensch wird vorgeladen, mein Sohn.«

»Bist du auch vorgeladen worden?«

»Ja.«

»Für wann denn, Papa?«

»Für heute, Junge, und du gehst mit.«

Richtig fuhren wir auf das Gemeindeamt. Da erwartete uns schon der Fleckenkopf mit der goldnen Brille. Er sah scharf meinen Papa an, der überhaupt ein Feind der Regierung war — doch Papa tat, als merke er nichts, und war sehr freundlich. Er fragte den Herrn Bürgermeister nach seinem Befinden, sprach vom Wetter, von einem Kind, das Tags zuvor von einem Apfelbaum gefallen war, von Bakonjas neuesten Streichen, und all das so rasch, daß der Bürgermeister gar nicht zu Worte kam. Endlich wurde der Fleckenkopf ungeduldig und unterbrach: »Herr Roda«, sagte er, »ich habe Sie vorgeladen, um Sie zu vermahnen. Sie haben am Weg nach Gradina spöttische Aufschriften anbringen lassen.«

Papa sah mich verwundert an und fragte: »Hast du dort spöttische Aufschriften bemerkt, mein Sohn?«

»Ja, Papa. Erinnerst du dich nicht? Die mit dem Ochsen und dem Bürgermeister?«

»Ganz richtig«, fiel der Fleckenkopf ein. »Ich warne Sie, Herr Roda. Lassen Sie die Dinger entfernen. Ich will einstweilen nichts davon gesehen haben; wenn aber die Tafeln nicht verschwinden, werde ich einschreiten.«

»Herr«, rief Papa und streckte abwehrend die

Hand aus, »um des Himmels willen, schreiten Sie dort nicht ein, Sie bleiben stecken und verlieren die Stiefel und die Regierung einen wackeren Beamten. Lassen Sie, bitte, zuerst den Weg nach Gradina herstellen.«

»Ich bedaure, wiederholen zu müssen, daß die Herstellung des Weges Sache des Gutsbesitzers ist.«

»Nein, der Regierung.«

»Nein, des Gutes.«

»Nein, der Regierung.«

»Nun, wir wollen sehen.«

»Ja, wir wollen sehen.«

»Ach, streiten Sie doch nicht, meine Herren«, sagte ich. »Die Regierung soll den Weg von Ilintzi nach Gradina herrichten lassen — und von Gradina zurück nach Ilintzi die Herrschaft.«

Einen Augenblick sahen mich die beiden verblüfft an; dann nannte mich der Bürgermeister eine kleine witzige Person, und Papa hieß mich einen Trottel.

Papa wurde zu zehn Gulden Strafgeld verurteilt, doch nicht einmal das zahlte er. Denn mittlerweile war Mariä Geburt herangekommen, die Spätsommerfäden zogen durch die Luft, und immer näher rückte der Tag, der den Banus nach Gradina bringen sollte.

Natürlich durfte Seine Exzellenz nur mit den höchsten Ehren empfangen werden. Er mußte im Viererzug kommen, mit einem Banderium vorauf — und das Banderium, die berittene Begleitung also, sollte Papa beistellen.

Sooft die Sprache darauf kam, wollte Papa, gleichsam als Entgelt für die Beistellung so vieler Leute und Pferde zum Empfang, den Weg nach Gradina gerichtet haben, bis der Herr Bürgermeister einmal ärgerlich wurde und rief: »Herr Roda, ich schwöre Ihnen: Solange ich im Amt bin, kriegen Sie die Straße nicht.«

»Und ich wette«, antwortete Papa ebenso entschieden, »daß die Straße gleich nach dem Banusbesuch wird von der Regierung gebaut werden.«

»Herr Roda, wenn ich schwöre und Sie wetten — wer behält da recht?«

»Ich, Herr Bürgermeister. Ich behalte allemal recht. Ich wette hundert Gulden gegen zehn Flaschen Wein.«

»Gilt. Und mein Eid?«

»... ist eben Meineid«, sagte Papa und schlug in die dargebotene Rechte — zum Zeichen, daß die Wette stand.

Die Kunde vom Banusbesuch und vom Banderium sickerte durch zur Dienerschaft der Ilintzipußta und schlug da gewaltige Wellen. Denn wenn dem Banus ein Banderium voraufreiten soll, muß jemand es wohl führen.

Ich hätte für mein Leben gern Papa an der Spitze des Banderiums gesehen — in Magnatengala, mit einer Standarte in der Faust. Tag und Nacht träumte ich davon. Papa sagte aber, irgendeiner von der Dienerschaft müsse führen. Nun rieten die Leute hin und her. Ich nahm lebhaften Anteil.

Der Schaffner wäre der Berufenste gewesen — als ehemaliger Wachtmeister bei den Husaren. Doch er war krank. Nun hatten wir einen Kutscher, Gabriel Warga, der war ebenfalls Husar gewesen. Er kam in engere Wahl mit Bali Pali, dem Fohlenhirten. Alle ausgedienten Soldaten erklärten, nur Warga folgen zu wollen, der habe beim Militär das richtige Reiten auf dem Sattel gelernt. Die andern wieder schworen auf Bali Pali; Bali war nie zu den Soldaten einberufen worden, weil man in dem Wald, wo er zur Welt gekommen war, keine Geburtsmatrikel führt.

Die Sache erfuhr Sonntag im Wirtshaus von Dugamedja einstweilen einen Austrag. Bali Pali zahlte seinen Anhängern Wein und forderte Warga auf, ins Gestüt mitzukommen. Dort wolle er ihm den Hengst »Vaterunser« satteln, und wenn Warga den Hengst bis zum nächsten Wirtshaus bringe, werde Bali Pali den Reiter bis an den Tod mit Wein freihalten.

Nun begann auch Warga aufzuschneiden. Er nannte alle Pferde, die Bali Pali draußen auf der Weide hatte, Katzen und Ferkel. Bei der Schwadron hätten sie ganz andere wilde Tiere gehabt, erzählte er. Eines war da, das hieß »Ligelinge« (Liebling) — nur Warga habe es reiten können. Wenn man sich daraufsetzte, machte es einen halben Purzelbaum und überschlug sich auf den Rücken. Einen Obersten, drei Leutnants, einen Korporal und vier Mann hatte Ligelinge schon erschlagen, eh er in Warga seinen Meister fand.

»Warst du unter den Korporalen oder unter den vier Mann?« fragte Bali Pali höhnisch.

»Ich hätte leicht unter den Korporalen sein können«, schrie Warga, »wenn ich hätte dürfen schreiben lernen. Aber der Herr Rittmeister ließ mich nicht.«

Alle grölten.

»Ich durfte nicht schreiben«, versicherte Gabriel. »Das Schreiben verdirbt die Hand fürs Reiten. Man sieht ja: Keiner von den Kanzleikerlen kann reiten. Und wär ich nicht gewesen — wer sonst hätte Ligelinge zähmen sollen?«

Franzl, der Schmiedegeselle, wechselte einen Blick mit Freund Bali Pali, streifte die Ärmel über seine Eisenarme und fragte: »Hat dich dieser Ligelinge denn auch schließlich einmal geschlagen? Nein? Na, dann will ich es nachholen.«

Und spendete Warga eine Ohrfeige, daß der arme Teufel durch die geschlossene Tür hinausflog.

Das war das Signal. Zwei Ochsenknechte ergriffen den Schmiedegesellen, sagten, sie wollten ihn mit Bali Pali zusammenschweißen, und hämmerten auf beide los.

Bali Pali machte sich frei, rief: »Zum Schweißen braucht es einen Blasbalg«, und richtete den einen Knecht als Blasbalg her, indem er ihn so lange trat, bis er blies. Hätte sich der Wirt nicht mit einer Axt ins Mittel gelegt, um alle davonzujagen, bei Gott, es wäre mehr auf der Walstatt geblieben als Gabriel Wargas linkes Ohr, das man später beim Aufräumen im Herd fand.

Am Nachmittag des 3. Oktobers sollte der Banus kommen. Zeitig am Morgen schon war die Geschäftigkeit auf das höchste gestiegen.

Papa musterte den gräflichen Viererzug, der den Banus aus Gutta nach Gradina bringen sollte, und schickte ihn nach langer Prüfung fort.

Es kam ein mächtiger Platzregen, der hielt zwei Stunden an. Papa rieb sich die Hände.

»Worüber freust du dich?« fragte ich erstaunt.

»Da — sieh, mein Sohn, den Weg nach Gradina! Der reine Sumpf, was? Den Weg wird der Banus heute fahren. Ob er ihn dann bauen läßt? Ob ich meine Wette gewinne?«

»Was, Papa? Diesen Weg wird der Banus fahren? Den Weg nach Ilintzi, zu uns? Wie ist das möglich? Wenn er von Gutta nach Gradina kommt, berührt er doch Pußta Ilintzi gar nicht?«

»Doch, Marius! Er wird hierher kommen. Ich habe das eingefädelt.«

Schlau lächelnd bestieg Papa seinen kleinen Wagen und hieß mich mitkommen.

Der Regen hatte inzwischen nachgelassen.

In Gradina rammte man geschwind noch die letzten Flaggenbäume ein und schmückte die Häuser. Am Ortseingang flatterten zwei mächtige Fahnen auf einem Triumphbogen. Alle Pferde gingen davor durch. Aus der Schule tönte der Chorgesang der Kinder, sie übten noch einmal zur Fiedel des Herrn Lehrers »Ljepa nascha domowina«, die kroatische Nationalhymne. Auf den Weinberg, der sich ob Gradina erhebt, stiegen Männer mit Holz für ein

Freudenfeuer. Andere wieder trugen die Böller zum »griechischen Herrgott«, einem Steinkreuz am Ortseingang.

Von allen Gesichtern strahlte gehobene Stimmung.

Nur Papa, den ich zur Post begleitet hatte, lästerte unbändig — eine Bischofsnichte hätte Herzkrämpfe gekriegt, wenn sie ihn hörte.

Papa hatte nämlich den Bürgermeister hineinlegen wollen und lang vorher einen hohen Beamten der Landesregierung gebeten: Er möge bewirken, daß der Banus heute auch das gräfliche Sägewerk von Bare besichtige. Dahin konnte man nur auf dem strittigen Weg gelangen, über unsre Pußta. Papa hoffte, der Banus würde so auf die Marterln aufmerksam werden. Ein Brief aus Agram aber, den Papa eben erhalten hatte, sagte: Seine Exzellenz bedauere aufrichtig, aus Zeitmangel das Sägewerk nicht besuchen zu können.

Wir fuhren nach Haus. Sooft ein Rad des Wagens rumpelnd gegen eine Scholle stieß, wünschte Papa dem Bürgermeister einen Buckel mehr an den Leib, und wenn die Speichen in den tiefen Gleisen knackten, rief er die Teufelsgroßmutter zur Firmpatin beim Fleckenkopf an.

Zu Haus, auf dem Hof der Pußta beim Glockenturm, da standen in Reih und Glied all unsre Pferde. In das blitzblanke Haar streute die Sonne ihre metallnen Irisfarben. Leise zupfte der Wind an den Mähnen. Da und dort hob ein Gaul wiehernd seinen schönen Kopf und schlug ungeduldig mit stählernem Huf den Boden.

Papas Miene erhellte sich, als die Pferde so untadelig dastanden.

»He, Leutchen, blickt um! Sehen die Gäule nicht aus wie Zelter aus dem kaiserlichen Stall? Wer will ihnen ansehen, daß sie vor dem Pflug gehen müssen? Die sind für Magnaten geboren.«

Die Leute schmunzelten erfreut, weil Papa die Wartung lobte.

»Hört, Leute! Ihr bringt jetzt die Gäule heim in den Stall, flechtet Bänder in die Mähnen und sattelt. Ihr kleidet euch an und sitzt auf. Wenn alles fertig ist, wird euch Warga paarweise ordnen und herführen. Kannst du auch reiten, Gabriel?«

»Gewiß, Herr! Ich bin gedienter Husar«, entgegnete Warga stolz und reckte sich.

»Gut. Gabriel Warga übernimmt hier die kroatische Fahne, Ferko die ungarische, Bali Pali Dalmatien und du, kleiner Eßlinger, Slawonien. Dann reitet ihr schön langsam über Gradina hinaus bis an die Gemeindegrenze, sitzt ab und wartet. Wenn ihr den gräflichen Schimmelviererzug mit Seiner Exzellenz von weitem kommen seht, steigt ihr wieder zu Pferde, wartet auf ihn — und ist er da, schwenkt ihr die Fahnen. Alle fünfzig schreien: ›Hoch! Hoch!‹ Dann trabt ihr los, was die Pferde können, nach Gradina, und geleitet den Stellvertreter des Königs durch die Triumphpforte bis zur Kirche auf den Markt. Auf dem Markt werde ich stehen und alles übrige anordnen. Habt ihr verstanden?«

»Ja, Herr«, tönte es aus fünfzig Kehlen.

Wir saßen zwischen Suppe und Fleisch beim Mittagessen. Ich legte meinen Löffel hin.

»Du, Papa«, begann ich, »mit deiner Wette bist du aber verdammt aufgesessen.«

Papa runzelte die Brauen, und Fräulein Wagemund gackerte: »Pfui, Maria, was sind das für Ausdrücke?«

Ich setzte unbeirrt fort: »Du hast gemeint, du kannst den Bürgermeister anschmieren — jetzt sitzt du selbst in der Tinte. Das Geld für die Marterln ist hinausgeworfen, Strafe mußt du auch noch zahlen, hundert Gulden Wette dazu, und der Banus kommt erst recht nicht nach Ilintzi. Da wirst du auch die Straße noch selber bauen müssen.«

Die Zornfalte auf Papas Stirn wies auf Gewitter, doch ich in meinem Eifer achtete leider nicht darauf.

»Am Ende wirst du gar noch in den Arrest gesperrt, Papa, wie der blinde Ilia, der das Schaf gestohlen hat.«

»Maria!« rief Fräulein Wagemund empört.

Papa sah mich schief an und schalt: »Sei nicht naseweis mein Sohn, heute ist mit mir nicht gut Kirschen essen.«

»Kirschen essen! Im Oktober!« sagte ich und grinste. Mir schien das sehr komisch — Papa war anderer Ansicht. Er begreife nicht, wie ich so einfältig sein könne.

»Hm«, antwortete ich, »teils durch Geburt, teils durch Erziehung« — und ließ mein Auge leuchtend von Papa zu Fräulein Wagemund gleiten.

In diesem Augenblick kamen mir zwei Servietten an den Kopf geflogen.

»Das ist zu viel, Marius. Jani hat Arrest. Du bleibst zu Haus und rührst dich nicht aus dem Zimmer. Ich mag keinen vorlauten Schlingel mit mir in der Welt umherfahren.«

Richtig — eine Stunde später legte Papa seine Gala an, stülpte den Kalpak auf und fuhr mit Fräulein Wagemund nach Gradina.

Pußta Ilintzi war so gut wie verlassen. Männer, Weiber, Kinder, Pferde alles war in Gradina zum Empfang des Banus. Am Glockenturm sonnte sich nur der kranke Schaffner und sah dem Futtermeister zu, dem einzigen Menschen, den die Pflicht hier festhielt.

Ich gesellte mich zu ihnen.

»Junker, was wird der Ban sagen? Ihr seid nicht bei ihm?«

»Wenn ich doch kein Pferd habe, Futtermeister«, entgegnete ich weinend.

Die beiden Männer schwiegen und nickten. Ihnen wie mir galt das Sprichwort: »Nur Hunde gehen zu Fuß« als Glaubenssatz.

»Wie wäre es mit der Agitza?« fragte der Schaffner plötzlich.

»Ha, Agitza!« jauchzte ich. »Ist sie denn hier, die Eselin?«

»Freilich ist sie hier — im Schafeinfang.«

Es traf sich herrlich: Der Hirt war weg, wohl auch in Gradina, und nur der kleine Lujo hütete die Schafe; er borgte mir die Stute samt dem Lammfellsattel für eine Handvoll Tabak und half mir sogar in den Sitz.

»Glückliche Reise!« wünschte er.

Ich winkte ihm und dem Schaffner mit der Hand den Abschiedsgruß und trollte mich auch schon hurtig und heiter vorwärts im Zotteltrab des Wegs zum Banus nach Gradina.

»Eia, Agitza! Lauf, mein Eselchen! Heute trägst du eine Dame auf dem Rücken, die zum Banus geladen ist«, log ich der kleinen Stute vor.

Da fing sie an zu galoppieren. Ich schlug ihr die Hacken ein und hätte vor Freude fliegen mögen über Stock und Schollen — so gut gefiel es mir auf der Welt.

Je näher ich Gradina kam, desto vorsichtiger wurde ich, um Papa nicht zu begegnen. Hinter einem Busch hervor lugte ich, die Augen beschattend, nach dem Ortseingang. Da standen ein paar Herren und viele Leute an der Triumphpforte. Doch kein Reiherbusch schimmerte. Papa war nicht da.

Ich ritt nun unbesorgt näher. Die Leute lachten wie besessen, als sie mich erblickten, und fragten, ob auch ich zum Banderium gehörte. Als dann Agitza nicht durch die Triumphpforte wollte, da war des Spottes kein Ende.

Doch genug, ich war da, sollte den Banus sehen, ohne mit Papa zusammenzutreffen. Ich gab Agitza nach (»Seht nur, sie ist doch die Klügere!« riefen die Leute) und stellte mich weit abseits der Triumphpforte. Vom Rücken meines Eselchens ragte ich über die Menge und öffnete Augen und Ohren für das erwartete Schauspiel.

Hier unten stand nur die Abordnung der Gemeinde. Die Gespanschaft war weiter oben bei der Kirche versammelt — dort mochte auch Papa sein.

Der Regen hatte die Girlanden besprengt, den Staub gründlich gelöscht, die rot-weiß-blauen Fahnen gewaschen. Nun beschien die Sonne einen wunderschönen Herbsttag. Die Luft war durchsichtiger als sonst und duftete. Es war ein wundersam buntes Bild.

Oben auf dem Weinberg schwenkte man eine Fahne: »Sie kommen.«

Bald sah man aus dem fernen Leuckfeldschen Wald einen Reiter und noch einen kribbeln — klein wie die Ameisen — das Banderium mit den Standarten.

Nervös sprang der Bürgermeister von einem Fuß auf den andern, spitzte den Mund und probierte seine Rede: »Erlauchter Banus! Willkommen in unserm Marktflecken, der dir, kroatischer Sohn, freudig die Tore öffnet . . .«

Der Lehrer hieb mit dem Taktstock in die Luft und tremolierte: »A! A! A! A!« — für die Sänger der Hymne.

Immer näher kamen die Reiter, ihnen auf dem Fuß das gräfliche Schimmelviergespann mit dem Banus.

Und nun geschah etwas Überraschendes:

Die Hymne war angestimmt, der Lehrer hieb

in die Luft. Der Herr Bürgermeister stand bleich am Triumphbogen und zupfte seine Weste stramm.

Sie waren da — Warga, der erste Reiter, hatte mit der Fahne Kroatiens fast den Triumphbogen erreicht.

Da krachte es hinter mir. Ein Böllerschuß.

Alles, was nun folgte, kam schneller als der fliegende Atem:

Agitza springt auf den Schuß hin wie ein Hirsch aus der Menge, über den Graben weg, und steht im selben Augenblick mitten unter dem Triumphbogen. Ich halte mich schreckgelähmt am Sattel.

Wargas Pferd hat den Esel und mich noch nicht erblickt und richtet sich schon kerzengerade auf, Warga kommt irgendwie ins Flattern, dreht sich in der Luft, plärrt, fällt und bleibt mit dem Stiefel an einer aufrechten Flaggenstange kopfabwärts hängen.

Ein zweiter Böllerschuß, das Banderium jagt in wildem Rudel meiner Agitza nach, Agitza trägt mich ungezügelt davon, vorbei am Banuswagen, die vier Schimmel scheuen und wenden, vorbei am griechischen Herrgott und nach der Pußta Ilintzi zu. Bald haben sie mich überholt, ein Stoß von hinten, ich bin umgeritten, mir schwinden die Sinne, ich stürze, springe auf ... Schmerz — Straßenschmutz im Gesicht — Blut ... Agitza liegt fünf Schritt hinter mir auf dem Boden und keucht.

Ein Bauer reinigt mir Gesicht und Kleider. Ein zweiter bemüht sich um den Esel. Agitza meldet sich mit schmetterndem Röhren gesund.

Ich bin nicht allein des Schicksals Opfer gewesen. Da schleicht Warga — ein barmherziger Helfer hat ihn von der Stange geholt —, da schleicht er und zerrt seine Standarte im Kot nach. Links tauchen aus dem Graben die Fahnen von Ungarn und Slawonien auf.

Bali Pali, der Fohlenhirt — stolz wie ein Prinz auf dem wiehernden Hengst »Vaterunser«, mit der Leuenfahne Dalmatiens in der Rechten —, sprengt an uns vorbei, über Wargas Taffetfetzen weg und dem Viererzug nach. Der Viererzug samt dem Banus ist augenscheinlich nach der Ilintzipußta durchgegangen.

Eine Verwirrung ohnegleichen. Die Herren von der Gemeinde kommen und schmähen mich. Der Herr Bürgermeister möchte mich am liebsten zerreißen, der Lehrer nennt mich eine Barbarin ohne Kunstsinn, weil ich seine Hymne gestört habe.

Man zankt, man erzählt sich, wie es geschehen ist . . . wo aber bleibt der Banus?

Seine Exzellenz, den Banus, hat der rasende Viererzug ohne Stillstand, ohne Schonung den schrecklichsten aller schrecklichen Wege entlang bis nah an unsere Pußta gebracht. Erst beim letzten Marterl ist es dem Kutscher gelungen, die vier Schimmel zu parieren. Nun sitzt der Banus da im arg bespritzten Wagen mitten in der ungeheuren Froschlache.

Das Geschirr ist zerrissen, die dampfenden Pferde stehen zitternd still. Der Kutscher wischt sich den

Schweiß von der Stirn und schielt — ein wenig schuldbewußt — auf den Fahrgast.

Seine Exzellenz hat die Sprache noch nicht wiedergefunden und zählt seine Gliedmaßen. Als er sie vollständig vorfindet, möchte er seinen Diener haben. Der Diener ist lang vorher aus dem Wagen gefallen. »Was nun?« fragt der hohe Herr.

Der Kutscher zuckt die Achseln.

»Halt warten Exlenz, bis daß dö Leut kummen.«

Und der Banus wartet. Er reibt die blauen Flekken an seinen Gliedern und sieht nun auch das Marterl:

Ist dieser Weg auch arg verludert,
Man zwingt ihn, wenn man wacker rudert.
Komm, Wandrer, unter Gottes Führung
Getrost und lobe die Regierung!

Ehe noch Hilfe naht, hat der Banus aus des Kutschers Mund die Geschichte der Marterln mit allem Drum und Dran erfahren. Jeder blaue Fleck an seinem Leib bedeutet ein Marterl am Rand, eine Pfütze in der Fahrbahn.

Papa war alsbald mit seinem Wagen zur Stelle, nahm mich auf und fuhr dann mit vielen anderen Herren dem Banus nach. Er lud Seine Exzellenz auf die Pußta ein, und Exzellenz nahm an.

Bis zum folgenden Morgen blieb der Banus bei uns. Ich mußte ihm erzählen, wieso das Unheil geschehen war, und er bat Papa um Verzeihung für mich.

Papa verzieh um so leichter, als er ja seine Wette gewann: Die Straße nach Gradina wurde gebaut, und zwar sehr bald und auf Landeskosten.

Nur einen Mann nahm Papa streng vor: Gabriel Warga.

»Kerl, du willst Husar gewesen sein, fällst vor allem Volk vom Pferde und bleibst in der Luft hängen?«

»Herr«, winselte Gabriel, »ich bin Koch bei den Husaren gewesen . . .«

Meister Michel

Eines Tages kam Papa von der Geyerpußta heim und erzählte den Leuten, er würde eine Dreschmaschine kaufen. Und er wäre schon so gut wie einig, nur wollte er vorher nach Wien, die Maschine besehen.

Niemand auf der Ilintzipußta hatte auch nur die blasseste Vorstellung von einer Dreschmaschine.

Michel, der alte Schmied, war ehemals Handlanger im gräflichen Sägewerk gewesen — er galt auf der Pußta als Sachverständiger in Maschinen. Bei ihm pflegten die Vornehmsten der Dienerschaft am Sonntagabend eins zu plaudern.

Auf die Nachricht von der Dreschmaschine versammelte sich die Gesellschaft auf der Beschlagbrücke so vollzählig und so neugierig wie noch nie. Ich wollte natürlich mit dabei sein.

Der Schaffner saß auf dem Amboß, der Oberknecht auf der Esse. Das waren Ehrenplätze. Der Werktisch gehörte dem gemeinen Volk der Kutscher, Knechte und Hirten. Ich hockte mit gespitzten Ohren auf dem Wasserkübel.

»Alsdann«, begann der Schaffner Eßlinger, »a Dreschmaschin hat der Herr af Wien kaaft, hör ich.«

Der alte Michel nahm die Pfeife aus dem Mund und spuckte aus in dem Bewußtsein, daß aller Blicke auf ihn gerichtet waren — jeder Zoll ein Mann der Öffentlichkeit. Dann sah er den Schaffner von der Seite an und sagte: »Bis der Matthes kummt.«

Matthes, das war der Paradekutscher. Auch er trat bald ein, setzte sich zum Oberknecht auf die Esse, und Meister Michel begann: »Alsdann, was a so a Dreschmaschin is, des is gor a künstliche Sochen.«

Er beschrieb nun zunächst ein Sägegatter — immer möglichst volkstümlich, um den Hörern nicht allzu hohe Wissenschaft zuzumuten. Dann leitete er das Gespräch langsam, fast unmerklich auf Maschinen im allgemeinen über, das heißt: auf Lokomotiven. Lokomotiven hatte er vor Jahren in Essegg gesehen.

Die schöne Milka war einmal der Gräfin als Stubenmädchen nach Wien gefolgt. Sie erlaubte sich zu den Eisenbahnen einige Bemerkungen.

Meister Michel stellte sie sofort richtig. Dabei verglich er die Lokomotiven mit den grünen Wagen der umherziehenden Komödianten, nur sei der Schornstein bedeutend höher. Auch könnten die Lokomotiven sehr laut pfeifen — ein Gegensatz zu den Komödiantenwagen, der in die Augen springt.

Ich meinte füglich, Meister Michel würde nun von den Lokomotiven ohne weiteres auf die Dreschmaschinen übergehen. Doch ihm lagen die Bohrmaschinen näher. Als er hartnäckig bei seinen

Bohrern blieb, sandte der Schaffner einen Eilboten nach Dugamedja um ein Seidel Roten. Ich aber erinnerte den alten Onkel Michel an die bisher noch nicht erwähnten Kaffeemaschinen.

Unter allgemeiner Spannung kam Onkel Michel unvermittelt auf die Dreschmaschinen zu sprechen.

Wer da glaubt, diese Maschinen wären nach Art der Flegel eingerichtet, der sei auf dem Holzweg, sagte er. Überhaupt seien sie ganz von Eisen, nur der Körper teils von Messing, teils von Stahl und Kupfer. Das Schmierloch aber sei von Zink. Solch eine Maschine sei auch sehr teuer und koste vielleicht mehr als ein kleines Haus.

»Unter sechshundert Gulden redt der Fabrikant ka Wort net.«

Einmütiges Erstaunen der aufmerksamen Gemeinde.

Michel nickte nur, spuckte aus und setzte fort: »Jetzend, was der Körper is, in dem is der Kessel. Der is aa von Eisen — herentgegen dö Tür, was des Türl is, dö is von Stagel (Stahl). Alsdann, wanns du dreschen willst, nachher mußt a Zentrum ham. Des Zentrum, des is af die Form wia-r-a Pfosten, aus Eisen. Jetzend, um des Zentrum umadum legst 'n Waaz (Weizen) — so hoch, als daß d' dreschen willst. Nachanand haazt d' dö Maschin und bindst sö mit aner Kette an des Zentrum. 's muß aber a duppelte englische Ketten sein, schier wie für an Büffelstier. Nachanand laßt d' Maschin aus. Jetzend rennt s' dr umadum ums Zentrum übern Waaz, grad af die Form, als wie dö Razen (Serben) 's

Trad (Getreide) mit dö Pferd treten tun, und drescht dr 'n Waaz so schön aus, daß a Freud is. 's Stroh aber schmeißt s' naus. Wann da d' Maschin rumlaaft, mußt Leut ham, dö was in aanfort frischen Waaz wieder unter d' Maschin werfen tun. Sö müssen aber wohl Achtung ham auf des, daß ihna d' Maschin net über d' Zechen (Zehen) laafen tut, sunst gibt's kan Doktor net, der was ihna d' Zechen wieder ganz machet. Überhaupt was d' Leut san um dö Maschin, dö müssen a Herz ham. Denn wann d' Maschin rennt, därfen s' net schwindlig wern, sonst falln s' unter d' Füß von der Maschin. Dö Füß aber saan sechzehn Füß, auf jeder Seiten achte. Alsdann des is von der Dreschmaschin.«

Mechel schloß, und wie gebannt saßen die Zuhörer noch eine lange Minute still.

Dann fragte Milka, ob denn jemand oben auf der Maschine säße.

Meister Michel spuckte aus und sprach: Das könne sein und auch nicht sein — je nachdem. Er sei auch gar nicht dessen gewiß, ob die Dreschmaschine, die der Herr in Wien gekauft habe, gerade so aussehe, wie er sie beschrieben habe. Es gebe im ganzen siebenerlei Arten von Dreschmaschinen, und nicht alle seien gleich. Im übrigen brauche sich Milka am allerwenigsten darum zu kümmern: Sie werde sicherlich nicht oben sitzen müssen.

Schaffner Eßlingers Roter war indessen angekommen. Er trank ihn aus und rief: »Alsdann, Leuteln, gehen mr jetzend schlafen nachanand! Moring is auch a Tag.«

Die Fahndung

Man denke nicht, auf der Pußta stünden alle Menschen einander gleich — auch da gibt es eine Etikette und Rangunterschiede. Ein Fohlenhirt dünkt sich hoch erhaben über Knecht und Hirten und verkehrt nur mit dem Schaffner, dem Paradekutscher und den Handwerksmeistern. Selbst der Oberknecht scheint ihm noch gering. Lange redete man von einer Sache, die vor Jahren vorgefallen war. Damals hatte sich Kühhalters Töchterlein, die schöne Milka, in Onkel Juri verliebt, den Schweinehirten: Es war in den Gesindestuben ein Schrei der Empörung ob der Mißheirat, und man atmete erleichtert auf, als Vater Kühhalter das Unmögliche verbot. Und der Schmied bedeutet mehr als solch ein lahmer Wagner, der Schäfer mißachtet den Ochsenknecht. Juri, der Schweinehirt, kann nur mehr den Zigeuner Awram verhöhnen — dort hört die Stufenleiter auf.

Über allen aber steht der Räuber; ein armer Bursche, doch ein freier Mann; selbst Grafen kann er um den Finger wickeln; ihn rühmt das Lied, er wird die Tugend belohnen und die Bosheit züchtigen, sein ist das Gold, die Ehr, sein die Kraft, der Mut, der Kampf und Galgentod.

Man sprach in den besseren Kreisen der Pußta nur noch von Bakonja. Er hatte sich in den letzten Wochen einen Namen im ganzen Land gemacht — die legendären Gestalten eines Maxim, ja Berkanitsch verblaßten neben ihm. Wo man hinkam, hörte man von Bakonja erzählen. Schweinehirts kleiner Stephan schwamm in Begeisterung. Auf der Beschlagbrücke waren sie voll Lobes. Matthes, der Paradekutscher, duckte sich doch, bei Gott, nicht bald vor jemand — selbst er sprach von Bakonja nur mit Ehrerbietung.

Hätte es überhaupt noch einen gegeben, der zu überzeugen war — Bakonjas jüngste Tat mußte ihn umstimmen. Der Schmiedemeister war gestern vom Georgimarkt aus Gutta heimgekommen und erzählte die Geschichte:

Hatten sich da auf der Pfarre von Gutta die geistlichen Herren zum Festessen versammelt — denn der Hausherr hieß Georg. Man war beim dritten Braten, da tat sich die Tür auf, und herein trat ein großer Mann mit einem langen weißen Mantel; nahm den Hut vom Kopf und setzte sich auf einen leeren Stuhl, mitten unter die Gäste.

»He«, riefen die Kleriker, »wer bist du und was suchst du?«

»Halten zu Gnaden, hochwürdiger Herr Pfarrer, ich bin ein armer Bursche und möchte dem hochwürdigen Herrn Glück und Gesundheit wünschen. Ich heiße Bakonja.«

Sagte es und langte frischweg nach der Schüssel.

Er aß vom Braten mit, vom Fisch und vom Konfekt, trank mit von Wein und Schnaps, dann stand er auf und ging von Gast zu Gast, mit dem Hut in der Hand: »Ein paar Kreuzer für die armen Leute!«

Und sie zollten nicht nur Kreuzer, sie gaben zitternd alles, was sie hatten — Börsen, Uhren, Ringe und Geschmeide. Als der Hut voll war bis an den Rand, griff Bakonja noch einmal nach dem großen Humpen, leerte ihn auf das Wohl der edlen Spender und ging — ging still, wie er gekommen war, von dannen. Edle Spender — ja, das waren sie allesamt gewesen, denn Bakonja teilte die Beute mit den Bettlern.

Von nun an verging kein Tag ohne eine neue Kunde von Bakonja. Der blinde Ilia, der mit dem einen Auge, wollte ihm im Leuckfeldschen Wald begegnet sein. Gabriel Warga behauptete gar, der berühmte Mann wäre sein Jugendfreund und hätte ihm erst unlängst wieder durch die gemeinsame Patin Grüße bestellen lassen. Gabriel Warga liebte von jeher, sich mit vornehmen Bekanntschaften zu brüsten. Doch diesen starken Tobak rauchte denn doch niemand mit.

Wie alle angesehenen Männer hatte auch Bakonja seine Neider und Feinde. Wichtigtuer und Klatschbasen heckten alle möglichen Ammenmärchen über Bakonja aus und hinterbrachten sie der Gendarmerie. Da bildete sich jeder Postenführer ein, gerade in seinem Bezirk halte sich Bakonja auf. Sie berichteten es wohl auch der Gespanschaft und dem Flügelkommando.

Verwirrung ohnegleichen. An fünf, sechs weltfernen Orten sah man den Räuber in einer Nacht in zehn Gestalten. Der Ruhmeskranz des Vielgesuchten blühte immer neu und wurde von Tag zu Tag schöner.

Das Schönste aber: Bis heute wußte niemand, wer Bakonja eigentlich war, niemand kannte seinen wahren Namen, seine Heimat.

Abends bei Tisch erzählte Papa davon dem Fräulein. Er hatte es von dem und jenem Bekannten in der Stadt gehört. So erfuhr ich es, von mir brühwarm Stephan, der kleine Schweinehirt, dann der Paradekutscher und alle andern.

Fräulein Wagemund lebte in beständiger Angst. Ehe sie sich zu Bett legte, geisterte sie durch das Haus, spähte in Kisten und Kasten, hinter Vorhänge und sogar in die Bratröhre des Herdes, ob sich da kein Bösewicht verberge.

Stephan und ich, dann zehn oder zwölf von den Pußtarangen spielten immer Räuber und Soldaten. Bakonja war Mittelpunkt unsrer Phantasie. Stephan machte den Richter, ich war Bakonja und stahl Stephans Schweinchen. Dann gab es große Jagd — man fing und henkte mich.

Stephans Vater hatte nie im besten Ruf gestanden. Nun, durch Bakonjas Erfolge angeregt, verschwand er öfter denn je, auf zwei, drei, fünf Tage. Fast jeden Morgen raunte mir Stephan zu: »Mein süßer Vater ist wieder stehlen gegangen.«

Papa hatte seine Koffer gepackt, um nach Wien zu fahren. Hatte auch schon alle Anordnungen hinterlassen — in der Wirtschaft dem Schaffner, im Haus Fräulein Wagemund.

In dieser Nacht geschah es:

Im Finstersten, aus bleiernem Schlaf weckte mich tobendes Bellen der Hunde — sämtliche Hunde der Pußta, und ihrer waren nicht wenig. Tomy raste.

Fräulein Wagemund jammerte: In Preußen hatte sie vierzig Jahre solch einen höllischen Lärm nicht erlebt.

Dann pochte jemand an Papas Fenster.

Ich dachte sofort: die Räuber.

»Verstecken Sie sich, Fräulein«, sagte ich, »und beten Sie. Wahrscheinlich werden wir ermordet werden. Bakonja ist da.«

Doch nein, es waren Gendarmen.

Der Wachtmeister sagte zu Papa — auf deutsch, damit die Dienerschaft es nicht verstehe: »Herr, wir haben nun die deutlichsten Spuren, Bakonja hält sich hier in Pußta Ilintzi auf.«

»Eben?«

»Nein, immer.«

»Und da kommen Sie allein ihn fangen ...?« fragte Papa.

»Ich bin nicht allein — sieben Mann liegen an den Ausgängen auf Lauer, mit den fertigen Karabinern.«

»Wenn ich Ihnen aber versichere, Herr Wachtmeister, daß kein Fremder hier ist? Ich müßte es wissen.«

Der Gendarm, ein kluger, tapferer Mann, ließ nicht ab.

»Es kann gar nicht anders sein, Bakonja ist hier. Wir verfolgen ihn seit Freitag — da hat er wieder in Magodinowatz Herrn Geyer bedroht und bestohlen. Wir haben unsere Kundschafter und Späher — und alle Anzeichen deuten auf die Pußta Ilintzi als Bakonjas Schlupfwinkel.«

Gut, sagte Papa, dann wolle er mit den Gendarmen zusammen auf die Suche gehen, doch er sei überzeugt, daß man nichts finden würde.

Papa nahm seinen Mantel um und schritt hinaus. Ich folgte ihm auf dem Fuß.

Fräulein Wagemund keifte: »Was fällt dir ein, Maria? Wo du gar nicht angekleidet bist? Schäme dich — als junges Mädchen!«

Papa gebot: »Marsch ins Bett, Marius!«

Ich mußte aber doch sehen, was da vorgehen wird, und lief. Papa scheuchte mich immer wieder zurück. Ich blieb in seiner Nähe.

Er war ohne Waffen. Der Herr Wachtmeister redete leise auf ihn ein, und beide gingen nach der Schmiede.

Unter dem Flugdach legte der Herr Wachtmeister seine Rüstung ab, auch Gewehr und Säbel, und zog einen Stiefel aus. Hielt nur eine Kette in der Hand zum Fesseln. So sah ich, im Mondschein, ihn vorsichtig die Tür der Schmiede aufklinken, und er verschwand.

Dann Gebrüll und Poltern.

Auf einmal öffnete sich weit die Tür, und der Wachtmeister schleifte einen gebundenen Mann hervor.

»Wir haben ihn, wir haben ihn«, rief der Herr Wachtmeister und lachte dröhnend. »Ich bin leise hinein, mit dem bloßen Fuß und auf der Stiefelspitze, möglichst leise. Er hat dagelegen und geschlafen. Hui! bin ich ihm mit dem Stiefel ins Gesicht getreten, hui! war er gefesselt. Ja, getrauen muß man sich, und verstehen muß man es.«

»Und jetzt?« fragte Papa.

»Jetzt ist das Land von der Plage befreit, und ich bekomme die große Belohnung.«

»Von welcher Plage?«

»Von Bakonja.«

»Und wofür bekommen Sie die Belohnung?«

»Weil ich Bakonja gefangen habe.«

»Sie werden ihn wegbringen?«

»Vom Fleck — zunächst nach Gradina in den Gemeindekotter.«

»Schön«, sagte Papa, »bringen Sie ihn weg! Er verdient eine Lektion, er ist unlängst bei uns eingestiegen und hat eine teure Lampe zerbrochen. Dann müssen Sie mir aber einen andern Schmiedegesellen verschaffen. Ich kann jetzt, knapp vor der Ernte, nicht ohne Schmiedegesellen bleiben.«

Wirklich — als ich hinsah: Wer krümmt sich da wimmernd auf dem Boden, und die Hände waren ihm hinten festgeschnürt? Unser guter Franzel.

»Teixel«, sprach der Wachtmeister und schnalzte mit den Fingern, »da ham mir an Unrechten derwischt.«

Die Herren Gendarmen in ihrem Ärger wollten Franzel noch durchwalken — Papa erlaubte es nicht.

»Nächstens, Herr Wachtmeister«, sagte Papa, »lassen Sie sich die Leute erst vorstellen, ehe sie Ihnen unter die Augen treten. Franzel verträgt es zum Glück, er ist ein fester Kerl. Ein anderer könnte solch ein Auftreten der Staatsgewalt auf seine Nase leicht übelnehmen. Sie sehen wohl ein, daß Sie auf der falschen Spur waren?«

»Diesmal wohl.«

»Auf meiner Pußta ist kein Aufenthalt für Räuber.«

»Immerhin, Herr Roda, ist verwunderlich, daß Bakonja überall in der Umgebung aufgetaucht ist und gerade bei Ihnen nicht.«

»Und daraus schließen Sie, daß er hier versteckt ist? Sonderbare Logik.«

An Schlaf war in dieser Nacht ohnehin nicht mehr zu denken. Ich holte sofort meinen Jani, von der Morgenkrippe weg, und jagte hinaus auf die bestockte Weide, zu Stephan, um ihm brühwarm die Ereignisse zu berichten.

Er war innig bei der Sache, ich konnte gar nicht genug erzählen.

Auch Stephans Vater, Onkel Juri, der Schweinehirt, hörte gespannt zu und befragte mich eingehend, was alles die Gendarmen auf deutsch zu meinem Papa gesprochen hätten.

Ich hatte ihn sehr lieb, den Onkel Juri. Er war ein stattlicher Mann mit langem blonden Haar und rotem Schnurrbart, mager, mit hellen Augen — und wenn er so lächelnd dastand mit seinem großen Beilstock, sah er aus wie vom härtesten Holz geschnitzt. »Diese Gendarmen«, sagte er, »können nun lange auf Bakonja warten. Die Kunde von der heutigen Nacht wird sicherlich auch zu ihm dringen. Wenn er aber weiß, daß die Gendarmen nach ihm auf Ilintzi fahnden, wird er sich da gewiß nicht blicken lassen.«

Schade; da werde ich ihn so bald nicht kennenlernen.

Unterminiert

Papa also rüstete noch selben Tags zur Reise nach Wien, um die Dreschmaschine zu besichtigen.

Ich erschreckte Fräulein Wagemund mächtig: »Passen Sie auf, Fräulein«, sprach ich, »Bakonja wird sich nun an Ihnen rächen.«

Warum, wofür, wollte sie wissen.

»Sie mit Ihrem Geschrei haben doch letzte Nacht die Gendarmen auf die Pußta gelockt.«

»Aber, Maria!« rief Fräulein Wagemund entrüstet, »wie darfst du solchen Unsinn reden?«

Sie bat auf der Stelle, Papa möchte sie mitnehmen. Mit nach Wien, sie wolle von dort heim nach Preußen.

»Was fällt Ihnen ein — eben jetzt? Wo ich Sie am dringendsten in Ilintzi brauche . . .«

Nein und nein, sie wollte durchaus nicht bleiben; nicht allein, »auf der wilden Pußta unter Räubern«, am wenigsten allein mit mir. Sie habe eine Gesundheit, und die Gesundheit wäre ihr teuerstes Gut, im Verkehr mit mir aber würde sie untergraben.

Da sah Papa, daß Fräulein Wagemund nicht umzustimmen war, und nahm sie mit.

Zugleich auch mich. Ich hatte erst unlängst mit Schweinehirts kleinem Stephan Feuerwehr gespielt und dabei die gnädige Frau Gräfin und den Herrn Pfarrer von Gradina pudelnaß gespritzt. Da fürchtete sich Papa, mich allein zu Haus zu lassen. Er brachte mich zu Kolinskys nach Essegg und bat, man möge mich dortbehalten, bis er von seiner Wiener Reise heimgekehrt wäre.

Tante Kolinsky war von meinem Besuch nicht eben entzückt. Sie ersuchte mich vorweg, ja nicht zu glauben, die Malzfabrik Kolinskys Söhne & Co. sei eine Pußta und Tantes Salon ein Tummelplatz für Kinder. Ich möchte mich vielmehr, mahnte sie, der zartesten Schonung für die Möbel und Nerven des Hauses Kolinsky befleißigen, vor dem Betreten der Wohnung die Schuhsohlen reinigen und Attila, den Jüngsten, nicht zu Unheil anstiften.

Dann kämmte mich Tantchen noch, um sich zu überzeugen, ob ich nicht vielleicht »etwas« mitgebracht hätte, bat mich, nicht zu vergessen, daß es hier in der Stadt eine Polizei gibt, und ich war entlassen.

Attila, Giulios und Arturs Bruder, hatte mal einen Sommer bei uns auf der Pußta verbracht — er war mir seither ein vertrauter Freund. Er führte mich in der Fabrik umher, die mich sehr interessierte, im kleinen Park, auf dem Dachboden, im Stall, auf der Terrasse, der Malztenne und sonst überall. Im Maschinenhaus war ein Nebelhorn, doch der Herr Heizer erlaubte uns nicht, es blasen zu lassen.

Attila freute sich über meine Ankunft aufrichtig. Es war nämlich eine bewegte Zeit in der Fabrik. Die Jungen von Retfalu — es liegt einen Büchsenschuß weit von der Fabrik — hatten sich zusammengetan zu einem erbitterten Krieg gegen die Fabrikbuben. Iwan aus Retfalu — nach Attilas Schilderung ein wahrer Goliath — hatte erst gestern den kleinen Moritz, einen Sohn von Onkels Kompagnon, überfallen und schrecklich gehauen. Im letzten Augenblick war Attila mit den Seinen zu Hilfe gekommen, erlitt aber durch Iwans Mannschaft eine Schlappe.

Mein Vetter zeigte mir das Schlachtfeld und die Stellungen des Gegners. Oben auf der mannshohen geteerten Terrasse hatten die Fabrikjungen gestanden — unten, getrennt durch ein Gesträuch von Weißdorn, die Retfaler. Sie hatten von der Landstraße her Schottersteine bis an den Betonkanal der Terrasse geschafft und schossen nach den Fabrikbuben. Die Fabrikbuben mußten flüchten und liefen dem Feind geradezu in die Arme.

Während ich noch die Kämpfe im Geist miterlebte, sammelten sich nach und nach Fabrikjungen um uns an. Mein Vetter stellte mich kurz vor. Er hatte ihnen offenbar schon von mir gesprochen, sie behandelten mich mit vollkommener Hochachtung.

Nach meiner Ansicht war an der Niederlage von gestern nur die mangelhafte Ausbildung der Fabrikbuben schuld. Sie hatten keine Ahnung vom Steinewerfen. Obermälzers Christian mußte auf der Stelle Bindfaden und Leder aus der Materialkammer bringen — ich knotete drei oder vier Schleudern und zeigte den Buben, wie man damit umgeht.

Wir schleuderten bis Mittag. Ein gewisser Gustel

kriegte dabei leider ein Loch in den Kopf, und ein Fenster der Darre ging in Trümmer. Doch Moritz erbot sich, nötigenfalls zu schwören, daß es der Wind getan hätte — so begeistert waren alle von meiner Neuerung. »Jetzt sollen die von Retfalu nur kommen!« riefen sie drohend und zuversichtlich.

Nachmittags trafen wir wieder zusammen.

Ich hatte tief nachgedacht, wie man den Feind verhindern könnte, uns vom Betonkanal aus anzugreifen.

»Jungen«, sagte ich, »der Kanal wird unterminiert.«

Sie rissen die Mäuler auf.

»Wir müssen Pulver herschaffen und eine Mine legen. Hat niemand von euch die ›Belagerung von Genua‹ gelesen? Damals haben sie auch alles ringsum unterminiert.«

Verlegenes, zaghaftes Schweigen.

»Ihr seid mir schöne Helden, Moritz obenan! Da geh ich, meiner Seel, lieber zu den Bauernjungen über und helfe ihnen, euch durchzuwichsen.«

Der kleine Moritz brannte vor Rachgier. Er pflichtete mir bei: Der Kanal müsse unbedingt unterminiert werden. Doch womit? Und wie sollte man die Mine zünden?

Da rührte sich Obermälzers Christel, versprach Pulver zu bringen, sein Vater habe ein ganzes Säckchen davon für Jagdpatronen, und Gustel lief nach Haus um eine Kerze.

Wir beschlossen, gleich eine Probe zu machen — nur so ganz im kleinen.

»Glaubst du denn, daß es was nutzen wird, Marius?« fragte Attila.

»Nutzen? Stell dir mal vor: Du hast, zum Beispiel, Krieg, mit denen von Retfalu — plötzlich knallt es, und der kleine Moritz fliegt in die Luft. Hast du dann noch Lust, weiterzukämpfen?«

Das sahen die Buben ein und freuten sich schon sehr auf die Mine. Vielleicht würde es gerade Iwan treffen, den Goliath von Retfalu — das wäre dann ein großes Glück.

Indessen war Christel mit dem Beutel gekommen und Gustel mit Kerze und Streichhölzern. Wir stiegen durch ein Gitter in den Kanal und legten einen Ziegelstein ins Wasser. Auf den Ziegelstein häufte ich eine Handvoll Pulver zu einem Kegel.

»Jetzt aber fort — nun kommt erst das Richtige«, rief ich. Steckte die Kerze in das Pulver und zündete sie an. Dann lief ich auf und davon nach der Terrasse.

In atemloser Spannung warteten wir, hinter dem Windfang eines Luftschachts gedeckt, auf die Explosion

Wortlos verging eine Minute.

»Du Marius«, sagte Attila, »es knallt nicht. Du solltest doch nachsehen, warum es nicht knallt.«

»Sei so gut!« rief ich. »Warum gehst du nicht nachsehen?«

»Du weißt da besser Bescheid, Base.«

»Wenn aber das Zeug eben losgeht, wenn ich dazukomme? He?«

Also warteten wir wieder.

Nichts, lange nichts.

»Sie, Fräulein«, sagte Moritz, »wie ist es denn — wird das sehr knallen?«

»Will's meinen. Wie stark knallt schon eine Pistole, wo doch kaum so viel Pulver darin ist wie in einer Prise Schnupftabak.«

»Ja — aber, Fräulein — wenn Papa es hört?«

Donnerwetter, das ist eigentlich wahr.

Sowie man den Wolf nennt, kommt er gerennt. Fröhlich schlenderte Onkels Kompagnon, Herr Bermann, des Wegs daher; blies den blauen Rauch der Zigarre weit von sich, schlenkerte mit den Armen und blieb alle zehn Schritt stehen, um in die frühlingsgrüne Landschaft auszuschauen.

»Mein Papa«, hauchte der kleine Moritz.

Schöne Geschichte das. Wenn jetzt die Mine losgeht ... Mir krampfte sich das Herz zusammen.

»Marius«, stammelte Attila, »du mußt unbedingt hinuntergehen und die Kerze auslöschen.«

»Um des Himmels willen, wie darf ich denn? Es kann doch gerade, wenn ich dazukomme ...«

»Gleichgültig. Du hast angefangen — du mußt.«

Herr Bermann spazierte unterdes nichtsahnend weiter. Zwanzig Schritt vor der Mine hielt er, schob mit der Stiefelspitze einen Kiesel aus dem Weg, nahm einen Käfer auf, der eben über die Straße kroch, und besah ihn neugierig.

Bleich und zitternd verfolgten wir sein Gebaren. Moritzens Zähne schlugen hörbar aufeinander.

»Moritz, ruf deinem Papa zu, er soll weg von hier«, mahnte ich, blaß vor Angst.

»Aber Fräulein, es ist doch Ihre Mine!«

»Aber Moritz, es ist doch dein Papa.«

Es half nichts — Moritz fürchtete sich zu sehr vor Hieben und schwieg.

Herr Bermann warf den Käfer in den Busch, steckte seine Zigarre ins Spitzchen, schnaubte sich und schritt weiter.

Und nun das Entsetzliche: Haargenau beim Kanalgitter blieb er stehen und blickte hinab.

»Moritz«, bat ich, »sag ihm's!«

»Fräulein, sagen Sie's! Wenn Sie's nicht tun, dann weiß ich, wer das Fenster der Darre eingehauen hat. Der Sturm ist es nicht gewesen.«

Erregt kam ich hinter dem Windfang hervor und rief: »Herr Bermann! Hören Sie doch! Kommen Sie schnell zu mir her!«

»Warum denn, mein Kind?«

»Fragen Sie nicht lang und kommen Sie!«

»Warum, möcht ich wissen. Was soll ich bei dir?«

»Herr — Herr — kommen Sie — Sie ... Sie explodieren sonst!«

»Ich? Explodieren? Bist du bei Trost?«

»Ja doch, Herr Bermann, Sie fliegen in die Luft. Dort unter dem Gitter ist ein Haufen Schießpulver.«

Mit einem Satz stand Moritzens Papa im Dornbusch.

»Ihr verdorbenen Rangen«, kreischte er, »was fällt euch ein, mich zu unterminieren?«

Seufzend und fluchend kroch er durch die Dornen und kam zerrissen und blutend bis zu uns.

Moritz stand heulend da. Sein Papa nahm ihn am

Ohr, beutelte ihn nach Vaterart und brüllte: »Das hast du getan, du Rabenbraten — was?«

»Ich nicht — ich nicht, Papa — das Fräulein hat's getan.«

»O nein«, krähte ich aus sicherer Entfernung, »von mir ist nur die Idee, getan hat es Moritz.«

Ehrenhaft war es ja vielleicht nicht, die kleine Unschuld einzutunken, doch jedenfalls gesund für mich. Moritz kriegte heidnische Haue.

Als sich nun die Mine gar nicht rühren wollte, faßte sich ein Arbeiter ein Herz und stieg in den Kanal.

Allgemeine Überraschung: weder Pulver noch eine Kerze waren zu sehen; ein lebhaftes Wässerchen murmelte über den Ziegelstein, das hatte unsre Mine blank weggeschwemmt. O Moritz, du bist zum Leid geboren: Mit oder ohne Mine gibt es Schläge für dich.

Herr Bermann verbreitete die Geschichte natürlich in der ganzen Fabrik. Die Väter nahmen ihre Söhne ins Gebet — einmütiges Leugnen allenthalben. Moritz leugnete am entschiedensten.

Tante Kolinsky — eigentlich war sie nicht einmal meine Tante, nur verwandt wie Vetter Fuhrmanns Peitsche — Tante Kolinsky fand, daß ich ihren Attila verdürbe, und atmete auf, als Papa mich heimholte.

Dem kleinen Moritz bin ich später wieder begegnet. Da war er schon auf dem Gymnasium, ein feister Junge, und spielte gern den Lebemann.

Er entblödete sich nicht, zu bestreiten, daß Iwan und sein eigener Papa ihn an zwei Tagen hintereinander geprügelt haben. Und rühmte sich, er hätte die Mine wirklich selbst gelegt.

»Entsinnen Sie sich«, fragte er, »daß ich damals galanterweise auch Ihre Sünden auf mich genommen habe?«

Bewundernd hing das Auge seiner Mutter an ihm.

Man sollte sich von den Jungen alles schriftlich geben lassen; sie lügen wie gedruckt.

Das Verhör

Schon in Essegg, als Papa mich von Kolinskys heimholte, auf der Gespanschaft hatte man ihm angekündigt, er werde bald Besuch der Behörde bekommen — Beamte und eine große Patrouille; wiederum Fahndung nach Bakonja. Dringender denn je sei der Verdacht, fast sei schon gewiß, daß sich Bakonja auf Ilintzi verberge. Und man werde unsere Dienerschaft einvernehmen, Mann für Mann. Papa sollte dafür sorgen, daß sie allesamt zur Stelle seien, ohne Ausnahme.

Papa wehrte sich; er könne um eines dummen Geredes willen die Feldarbeit nicht ruhen lassen. Die letzte Fahndung da unlängst sei doch ein Schlag ins Wasser gewesen (wenn man einen Fußtritt als Schlag bezeichnen darf und Franzels Nase als Wasser). Papa kenne, rief er, seine Leute und stehe für sie ein ... Es half alles nichts. Nur so viel Entgegenkommen zeigte man, daß man das große Verhör auf Sonntag ansetzte, wo die Leute zu Hause sind.

Richtig, Sonntag kamen die Beamten, überdies Gendarmerie und Ulanen. Die Pußtadienerschaft stand bereit — vom Schaffner und Schmiedemeister an bis zu Lisi, der Köchin, und Schweinehirts kleinem Stephan.

Inmitten des Hofes, am Glockenturm ein Tisch. Da nahmen die Herren Platz und wollten das Protokoll schreiben.

Zuerst wurde Schaffner Eßlinger aufgerufen. Man fragte ihn nach dem Tauf- und Familiennamen, Geburtsort, Tag und Jahr, Glauben, Stand, Vorstrafen, Militärdienst . . .

»Ich mache die Herren nur aufmerksam«, unterbrach Papa, »daß mir das Vieh verhungert, wenn Sie bis Mittag nicht fertig werden.«

Der höchste von den Beamten fragte: »Wer ist Futtermeister?«

Joso trat vor, alt und siech.

»Na«, meinten die Herren, »der ist sicherlich kein Räuber. Und der Kleine da« — Schweinehirts Stephan — »wird es ebensowenig sein. Ihr könnt gehen.«

Sie trollten sich.

»Wenn die Herren«, sprach Papa, »Wert auf die juristischen Ausführungen meiner Köchin legen, möchte ich bitten, sie zuerst vorzunehmen — sonst gibt es kein Mittagessen.«

Worauf die Beamten höflich erwiderten: Gegen unser Hausgesinde — Köchin, Paradekutscher und so — beständen seitens der Behörde natürlich ebensowenig Bedenken.

So ging denn auch Lisi . . .

Die andern alle, alle mußten bleiben und aussagen.

Es dauerte — dauerte viele Stunden.

Nur hatte man sich was zu wundern, wie wenig

die Leute wußten. Der blinde Ilia, Büffelknecht, wollte doch Bakonja im Leuckfeldschen Wald gesehen haben: heute entsann er sich dessen nicht mehr; Gabriel hatte sich gerühmt, Bakonja hätte ihn grüßen lassen: er bestritt es entschieden.

Als das Verhör beendet war, brachten die Gendarmen erst ihre Haupt- und Glanznummer daher, einen Metzger, den Kronzeugen. Er hatte auf dem Georgimarkt in Gutta einen Ochsen gekauft, dem Viehpaß nach aus Widowo. Doch der Paß erwies sich als gefälscht, geschickt gefälscht, der Ochse als gestohlen — gestohlen dem Onkel Geyer.

Und von wem hatte der Metzger das Rind gekauft? Ja, das eben war der schwarze Verdachtsgrund, der sich gegen die Pußta Ilintzi richtete.

Der Metzger kannte den Verkäufer — zwar nicht mit Namen, doch dem Aussehen nach kannte er ihn seit langem aus Ilintzi — und der Metzger machte sich anheischig, ihn aus der Ilintzer Dienerschaft sofort herauszufinden.

Die Dienerschaft stand da — der Metzger musterte sie — Onkel Geyers Ochsendieb war nicht darunter.

Große Enttäuschung des Metzgers, der Beamten.

Nach diesem Auftritt, es war schon spät geworden, gingen wir endlich essen. Eine sehr große Tafel. Lisi hatte sich ausgezeichnet — die Herren lobten den Braten und die Torten.

Unser Kutscher trug die Speisen auf, Onkel Schweinehirt den Wein — beide als Diener gekleidet.

Als Onkel Schweinehirt die ersten Flaschen

brachte, fragte Papa erstaunt: »Wie kommst denn du daher?«

»Eh, gnädiger Herr, Köchin und Kutscher haben mich gebeten, auszuhelfen, es gibt so viel zu tun. Bin ich gleich mitgegangen, vorhin, als man das Hausgesinde entließ.«

»Recht so«, sagte Papa. »Wenn du es nur zuwege bringst, das Bedienen bei Tische . . .«

Papa hatte zu unrecht gezweifelt an Onkel Schweinehirts Fähigkeiten, er machte seine Sache gewandt wie ein Hoflakai.

Es wurde sehr lustig. Die Herren erzählten von Bakonja, seinen Streichen, und erzählten auch von ihren Plänen: wie sie Bakonja in die Falle locken würden. Onkel Schweinehirt füllte fleißig die Gläser.

Die Dreschmaschine zieht ein

Eines Sommerabends rief Papa den Schaffner Eßlinger zu sich in die Kanzlei und las ihm einen Brief vor, den hatte er soeben von Clayton & Shuttleworth aus Wien erhalten. In dem Brief stand geschrieben: Die durch Vermittlung von General Geyer angekaufte Dreschgarnitur wäre auf einem Donauschlepper verladen worden; Ende Juni treffe sie in Gutta ein.

»Schaffner«, sagte Papa, »ich muß sofort wieder verreisen, nach Essegg — es führen schon wieder Spuren nach Ilintzi —, und so erlege ich alle Sorge um die Dreschmaschine Ihnen auf. Lassen Sie Ende Juni die schadhaften Brücken von Gutta an bis hierher instand setzen. Wenn General Geyer Ihnen bestellt, daß die Garnitur angekommen ist, satteln Sie die Amazone, nehmen zwölf Paar Pferde mit Zugwagen, Ketten und Stricken, dann zwei Wagen mit zehn Leuten darauf, Krampen, Schaufeln und Bohlen. Ein Wagen läuft leer für das kleinere Zubehör. Und Sie gehen alsbald an die Drau und holen die Maschinen ab.«

Papa fuhr weg und ließ die Pußta in lauter Bewegung zurück. Die langerwartete Dreschmaschine wird kommen.

Die gesteppte Theres, Frau des alten Joso, Futtermeisters, weinte blutige Tränen: Franzel, ihr Sohn, hatte sich als Heizer zur Maschine gemeldet. In drei Wochen spätestens, meinte sie, wird er eine kalte Leiche sein.

Anfangs lachten die andern Weiber die alte Theres aus; dann begann eine nach der andern mitzuweinen und die Maschine zu verfluchen.

Der alten Theres Nichte Milka, Gattin Gabriels, jetzt aber mit dem wackern Kutscher Gjuro so gut wie verheiratet, fing an, dem Oberknecht süße Augen zu machen. Denn Gjuro sollte ebenfalls um die Maschine sein, und sie mochte nach Gjuros Tod nicht einsam dastehen.

Die Maschine hatte wirklich bald einen Unglücksfall auf dem Gewissen — wenn Maschinen ein Gewissen haben:

Am 16. Juni, Francisci regis, war Markt in Gradina, und Franzel rühmte sich dort öffentlich seiner Heizerstelle. Zwei Gradiner Burschen wurden eifersüchtig auf die Erfolge, die Franzel mit seiner neuen Würde beim Reigen hatte. Sie schlugen ihm zwei Vorderzähne aus, der dritte wackelte.

Eben an Franzels Namenstag. So etwas wurmt einen. Nicht der Zähne wegen — an ihnen lag dem Franzel nie viel, er hatte ihrer noch an die dreißig. Doch die Gradiner zeigten die zwei Zähne überall herum und sagten, sie hätten dem Franzel die Angeln aus dem Heiztürl geschraubt. Wo ihm doch erst unlängst der Herr Gendarm die Nase schiefgetreten hatte.

Ende Juni also rüstete der Schaffner einen großen Heerhaufen aus von allerlei Zimmerleuten, Wagnern, Tischlern und Schmieden; von sieben Pußten und neun Dörfern holte er die Handwerker zusammen. Zwölf Wagen mit Bohlen, Kanthölzern, Stämmen und Pfosten gingen mit.

Vor allem stellten sie die Brücken über die Karaschitza her — eine geschlagene Woche. Sie steht noch heute, so gründlich haben sie sie damals gepölzt. Den ganzen Winterschnitt des gräflichen Sägewerks verbauten sie in die Brücken.

Und wurden eben zur Zeit damit fertig: Am 7. Juli ankerte der Schlepper in Gutta.

Papa hatte von zwölf Paar Pferden gesprochen, die die Maschine abholen sollten. Dem Schaffner schien es zu wenig. Er setzte die ganze Bespannung in Marsch.

So groß sie sich auf der Pußta die Maschine vorgestellt hatten — sie waren doch überrascht, als sie sie wirklich sahen. Zunächst, weil eigentlich drei Maschinen da waren: eine mächtige giftgrüne Lokomobile von zwölf Pferdekräften, ein knallroter Dreschkasten und eine noch rötere Feuerspritze. Die Lokomobile mit dem umgelegten Rauchfang war ihnen ein lebendes Rätsel. Wie wird sie dreschen, wie wird man sie behandeln? Was soll das Schwungrad, was die blanken Stangen daran?

Der Schaffner wollte zwanzig Joch Ochsen vorlegen lassen, um die Maschine fortzufahren. Der Schiffskapitän meinte, vier Büffel würden genügen.

»Wir haben nur zwei Büffel mit«, sagte Eßlinger.

»Dann tun es auch zwei.«

Man spannte sie vor. Und siehe, es ging. Schwerfällig und langsam wie eine Ente watschelte die Lokomobile den holprigen Weg. Mit drei Paar Ochsen fuhr der Dreschkasten nach. Hinten in endloser Prozession folgte ledig die Kolonne der Ochsen; an ihren Jochen klirrten die vielen langen Ketten, die man unnötig mitgenommen hatte.

Die Kutscher waren mit der Feuerspritze vorausgetrabt. In den Dörfern standen die Leute an der Straße und erwarteten die Maschine. Als die Feuerspritze in flottem Tempo durchkam, von elf Paar Pferden begleitet und elf reitenden Kutschern, da verlief sich das Volk enttäuscht und murrend. Man hatte mehr erwartet.

Indessen rumpelte die Dreschgarnitur ihres Weges weiter. Die Büffel schritten mit der Grandezza dicker Rentner, und hätte Ilia, der Büffelknecht, nicht hie und da mit der Heugabel nach ihnen gestochen, sie wären wohl stehengeblieben. Hinter der Dreschgarnitur wiegte sich schwermütig ein Wald von Ochsenhörnern.

Es wurde heiß und heißer. Die Knechte zogen die Röcke aus und banden sie den Ochsen an die Hörner.

Vorn ritt in tiefem Sinnen Schaffner Eßlinger. Er dachte an die große, große Schelte, die Papa ihm spenden wird, weil Eßlinger soviel Vieh und Pferde hat für nichts und wieder nichts nach Gutta getrieben, gegen den ausdrücklichen Befehl.

Als sie an die Karaschitza kamen, sagte Meister Michel: »Jetzend, was dö lange Brucken is, dö werd sicher halten, indem daß mir s' grepriert ham.«

Dem Schaffner wieder schien sie doch zu schwach. Die rote Maschine sei leichter, die sollte für alle Fälle zuerst hinüber.

Er ließ also die Büffel stoppen. Als der Dreschkasten an der Lokomobile vorbeiwollte: krach, da lag er im Graben.

Allgemeine Verwirrung. Was jetzt?

Die Büffel müssen mit der eisernen Maschine vorgehen und Platz machen. — Es geschah.

Unterdessen mühte man sich um den gestürzten Dreschkasten. Jeder wollt ihn anders heben.

Als alle hübsch ermattet waren vom Zetern und Ziehen, trat erst Meister Michel auf den Plan.

Man sollte ihn nur machen lassen. Er steckte zwei starke Ketten unter der Maschine durch und band sie in die Räder. Die freien Enden warf er über die verunglückte Maschine und ließ an jedes Ende zehn Joch Ochsen spannen. Die Ochsen waren über den Weg, den andern Graben und querfeldein gerichtet.

Dann gebot er: »Hooo — ruck!«

Franzel war eifrig am Werk und trieb die Ochsen an.

Stöhnend und wankend hob sich die Maschine.

Die Menge freute sich und johlte: »Jetzend geht's.«

Da riß die eine Kette, die Ochsen fielen in die Knie, und einer davon, der Bakonja, schlug mit seinem langen Horn dem Franzel jenen Zahn aus, der seit dem Gradiner Markt gewackelt hatte. Wo ihm doch unlängst erst die Gendarmen hatten die Nase schiefgetreten. Ja, Heizer sein ist ein verdammt gefährlicher Beruf.

Gleich fanden sich fünf, sechs Leute und wollten die Kette flicken. Ilia, der Büffelknecht, stieß sie weg — er tue es ganz allein.

Nun fing die Geschichte von neuem an.

»Hooo — ruck!« schrie Meister Michel.

Die Ochsen zogen an. Die Knechte brüllten und peitschten. Alles hatte nur Augen für die gestürzte Maschine.

Ilia jauchzte: »Sie bewegt sich schon.«

Man stützte sie von der Grabenseite — ein Stück Grabenrand wurde abgeschürft —, und alles schien in Ordnung.

Die Büffel vor der Lokomobile aber fanden es sehr heiß. Sie hörten Geißelknallen hinter sich und Schreien. Die Angst, der Durst, die Hitze, das nahe Wasser der Karaschitza so lockend, kein Büffelknecht da, der sie hielt — war es da nicht rein büfflisch, einen Schritt zu tun und noch einen, hin zum Wasser, in aller Stille?

Die Leute standen um den Dreschkasten und dankten Gott, daß es ihnen gelungen war, die Maschine wieder aufzurichten.

Da hörte man es hinten poltern und rumpeln, und als sich alle erschrocken umwandten, fuhr die Lokomobile dicht neben der Brücke hinunter in die Karaschitza, wie ein Torpedoboot, das vom Stapel läuft.

Nun lag sie im Schlamm, die schöne giftgrüne Maschine. Die Büffel aber plätscherten in den kühlen Fluten, soffen wie die Bürstenbinder und legten sich behaglich hin.

Die Ilintzer warteten diesen Abend vergebens auf die Dreschmaschine. Sie kam erst acht Tage später — als Papa endlich heimkam und den Schlamm unter ihr weggraben ließ.

Die Schafhürde

Papa hatte von seiner Reise kein Fräulein mitgebracht. Er erzählte: Die Fräulein wollten nicht in die Einsamkeit; wenn sie nur das Wort »Pußta« hörten, zögen sie schon ein Mäulchen.

Und eine Gouvernante müßte ich haben, meinte Papa — jetzt dringender denn je. Da war guter Rat teuer.

Wir brauchten ihn nicht zu kaufen, wir kriegten ihn umsonst. Eben zur rechten Zeit kam ein Brief von Fräulein Valeska Wunderlich, der Poetischen: Sie habe großes Leid in der Welt erfahren, herbe Enttäuschungen, und möchte Wunden des Herzens auf dem fernsten Land verharschen lassen. Ob Papa das Fräulein nicht zurücknehmen wolle?

Die? Die Dichterin mit dem falschen Zopf? Ich wehrte mich nach Kräften. Hatte Papa nicht auf der Schmiede damals geschworen, Fräulein Valeska wegzuschicken?

Er gab es zu, ich hätte recht; doch wenn ich ihm den Gefallen täte, auf meinem Recht nicht zu bestehen, dann werde er mir dafür eine große Freude machen: Er werde den jungen Kolinsky zu uns laden.

Giulio? Oder Attila? Ich schüttelte den Kopf.

»Nein«, sagte Papa, »den mittleren, Artur.«

Na, unter der verheißenen »großen Freude« hatte ich mir was andres vorgestellt als einen Vetter — immerhin, von den Kolinskys war mir Artur alles in allem der liebste.

Und er kam. Mit ihm Fräulein Valeska Wunderlich.

Artur war immer noch Kavalleriekadettenschüler in Weißkirchen und bildete sich weiß Gott was darauf ein. Wenn Papa mal zufällig von seinen Feldzügen erzählte, da kam auch Artur gleich mit irgendeinem Abenteuer aus Weißkirchen daher; wollte man nach seinen Reden urteilen, dann war Weißkirchen eine Wildnis mit unzähligen bodenlosen Gruben, in die fiel man jeden Augenblick mitsamt dem Pferd.

Seit Artur da war, regnete es, fünf Tage in einem Strich, und jeden Tag brachen ein paar seiner Kameraden das Rückgrat. Als er den zehnten Kadettenschüler umgebracht hatte, und wieder durch einen Sturz, da wurde es mir zuviel. Ich bat Papa, Artur das Aufschneiden zu verbieten. Doch Papa wollte nichts davon hören — aus Gastfreundschaft.

Eines Tags hellte es sich ob der Dugamedjer Kirche auf. Das Aneroid zeigte auf Schön, ein frischer Wind bog die Pappeln krumm, die Meute der Wolken jagte am Himmel. Nachmittags erschien gar die liebe Sonne.

»Marius«, sagte Papa, als sich die ersten Lichter und Schatten zeigten, »Marius, du wirst deinen Vetter spazieren führen.«

»Den Vetter spazieren führen? An der Hand, Papa?«

»Dummkopf! Zu Pferde natürlich.«

»Zu Pferde, Papa? Ich habe doch nur ein Pferd. Uns beide soll der arme Jani tragen?«

»Amazone hat jetzt lange genug gestanden. Sie geht mit hinaus.«

Ich riß erstaunt die Augen auf. Seit Menschengedenken hatte Papa nicht erlaubt, daß jemand andrer seine Amazone reite, wenn er selbst zu Hause war.

»Gut, ich werde satteln lassen«, sagte ich und wollte rasch davon, damit sich's Papa nicht am Ende überlege.

»Halt«, rief er mir nach. »Amazone reitet natürlich . . .«

»Marius«, vollendete ich sehr sicher.

Papa wußte nicht, sollte er sich ärgern oder lachen.

»Du? Die haut dich ja in den nächsten Graben, mein Sohn, und nur ein nasser Fleck bleibt von dir übrig.«

Da war das Lachen an mir.

»Papa, glaubst du wirklich, ich hätte noch nie auf Amazone gesessen? Wenn du weit genug weg warst? Ich wollte, ich bekäme jedesmal eine Handvoll Dukaten dafür. Das ganze Komitat könnte ich mir kaufen. Und vielleicht noch das Paar Stiefel, das du mir vor drei Monaten versprochen hast.«

Papa nannte den Pferdewärter einen Schurken, mich einen kecken Frosch und erlaubte endlich, daß ich seine Stute reite und Artur Kolinsky meinen Rappen.

»Wohin eigentlich?« fragte Artur, als wir durch den tiefen Dreck der Landstraße quatschten. Er tat sehr feindselig, weil er ein Pony hatte und ich ein richtiges Pferd.

»Ich denke, nach Gradina.«

»Was fällt dir ein, Marius? In diesem Boden? Warum nicht nach Gutta?«

»Ah, damit der Herr Vetter der Lore Ferkel ...«

»Völker — bitte«, erwiderte er bissig.

»Damit der Herr Vetter der Lore Fensterpromenaden reiten kann?«

Er fragte lauernd: »Bist du eifersüchtig?«

»Ich? Und deinetwegen? Wenn es auf mich ankommt, kannst du dich vor einem ganzen Dorf Mädel auf den Kopf stellen.«

»Na also. Dann nach Gutta.«

»Nein«, sagte ich und stützte herausfordernd die Gerte auf den Schenkel. »Nun gerade nicht. Verstehst du? Gerade nicht. Es ist mein Jani, auf dem du sitzt, und du wirst gehen, wohin ich will.«

»Du bist also doch eifersüchtig?«

»Nein. Aber es schickt sich nicht, daß Kadetten Fensterpromenaden reiten. Überhaupt ist Lore Ferkel ...«

»Völker!«

»... also Völker — nicht standesgemäß.«

»Standesgemäß? Schickt sich nicht? Was verstehst denn du davon?«

»Ich bin kein Kind mehr, mein lieber Artur! Willst du genau erfahren, was sich ziemt, so frage nur bei edlen Frauen an.«

Er schüttelte sich vor Vergnügen, bloß um mich zu kränken.

»Du?« höhnte er, »du? Eine edle Frau? Da könnte ja nächstens Schweinehirts Stephan daherkommen, mit Glacéhandschuhen, und könnte behaupten, er sei Vortänzer bei Hof.«

»Na, na, faß dich nur wieder! Sonst fällst du am Ende vom Pferd und bist mausetot.«

»Ist das dein Ernst, Base? Ich — herunterfallen?«

»Bitterer Ernst. Mein Jani ist kein Gaul wie eure dort in Weißkirchen. Die verhungern bei vier Kilo Hafer täglich und lassen jeden Erstbesten auf dem Buckel herumtorkeln.«

»Du wirst frech, Marius.«

»Im Gegenteil, ich bin freundlich. Ich möchte dich nur warnen, damit dir in deiner Unerfahrenheit nicht etwas zustößt. Wenn Jani ungemütlich wird, pack ihn an der Mähne, rat ich dir, und halt dich fest.«

Das war zu viel, zu viel für Artur Kolinsky, Kavalleriekadettenschüler aus Weißkirchen. Er wurde bleich vor Wut und beschimpfte mich — kein Zigeunerhund hätte Brot von mir genommen. Als er mich genug beschimpft hatte, versicherte er mir: »Ich schweige jetzt, aus Galanterie. Zu Hause wirst du von Papa das Weitere hören.«

»Traben wir?«

»Los!«

Und wir trabten. Amazone hatte sich in den fünf Regentagen ein lebhaftes Stallfeuer angemästet, und Jani wollte natürlich nicht zurückbleiben. Wir hatten beide genug zu tun mit dem Abtätscheln und Beruhigen der Tiere.

Als Jani seinem Reiter allzu arg die Hand nahm, begann Artur: »Das Biest ist steif wie ein Bock.«

Amazone mit ihrer wahnsinnigen Bewegung verschlug mir den Atem. Die Stirn perlte mir. Doch ich lächelte. »Siehst du, Artur, der kleine Jani weiß eben, daß er einen kühnen Reiter trägt.«

»Wieso?«

»Der Herr Pfarrer von Gradina sagt immer: Die wahrhaft kühnen Reiter sind die, die nichts können und sich doch aufs Pferd setzen. Denn wenn einer reiten kann und reitet, ist es keine Kunst mehr.«

»Warte nur, zu Haus!« preßte Artur hervor und wurde nicht müde, dem Jani mit »Ho — hoj!« und »He — he, mein Ferdl!« schönzutun.

Amazone ging wie aus der Pistole geschossen und kratzte sich in ihrer prächtigen Aktion mit den Hufen die Nase aus. Doch ehe Artur nicht um Gnade bat, wollte ich nicht parieren.

Janis Schulter glänzte schon in Schweiß, aber noch immer ging er davon.

Da sagte Artur endlich: »Müssen wir denn rasen wie die tobsüchtigen Scherenschleifer?«

»Wie — ist dir das auch schon zuviel Tempo? Wir schleichen doch wie die Galoschen eines Patriarchen.«

Dabei flatterten mir die Haare aus der Mütze.

Und ich hatte einen prächtigen Einfall.

»Weißt du was, Artur? Wir fallen jetzt in Schritt und halten langsam auf Gutta zu.«

Er war gleich dabei. Mit langen Hälsen verschnauften die Gäule. Artur klappte seine Zigarettendose auf, ich tat die Gerte unter den Arm und richtete das Haar.

»Entschuldige, Artur«, sagte ich heimtückisch, »entschuldige, wenn ich dich vorhin verletzt haben sollte. Ich glaube übrigens kaum, etwas Beleidigendes gesagt zu haben . . .«

»Laß es gut sein, Marius. Du bist eben ein Bosnickel, wie alle Mädels in ihren Flegeljahren. Ich wollte nur, du fielest so oft vom Pferd, wie du mir's wünschst.«

»Fängst du schon wieder an, Artur? Vergiß nicht, daß ich eine Dame bin.«

»Also sei in Gottes Namen eine — um des lieben Friedens willen.«

»Ich glaube, Lore Völker . . .« (Vö-l-ker betonte ich) »wird sich freuen, dich zu sehen. Ich gönn es ihr. Ich habe Lore nämlich recht gern und bedaure sie außerordentlich.«

»Warum?«

»Aber, Artur! Wenn man nur einen einzigen Verehrer hat! Und zwar dich!«

»Marius!« rief er drohend und sann auf Vergeltung.

Er übte sie ausgiebig, als wir wieder einen Trab riskierten. Jani hätte nicht genug Haltung, behauptete er, wäre nicht am Zügel, undurchlässig wie ein Gummimantel und wäre so steif wie ein Kommißstrohsack.

Wenn Artur aber meinte, ich würde mich über

seine Reden ärgern, so irrte er sich. Ich freute mich viel zu sehr auf Gutta.

Bald schlugen die Hufeisen unsrer Pferde klingend auf das Pflaster. Die Hunde kläfften, die Leute blieben stehen und blickten uns nach. Lore hatte das Getrappel von weither gehört, fuhr hastig mit dem Kopf durch das Guckfensterchen und dankte selig lächelnd für Arturs Gruß. Mit stolz abgebrochenem Hals schritt Jani unter dem versammelnden Schenkeldruck seines Reiters einher und kaute an den Gebissen.

Da, als Artur in den Anblick seiner Ferienflamme so ganz versunken war, stopfte ich mein Taschentuch in die Kammer zwischen Janis Sattel und Rücken. Ehe ich noch recht Zeit hatte, mich mit Amazone wegzudrücken, feuerte mein lieber Rappe pünktlich aus. Artur, der Entzückte, verlor das kokette Zigarettchen, fiel auf Janis Mähne, und — wer weiß, wie es ihm ergangen wäre, hätt er nicht rechtzeitig mit beiden Händen das rettende Langhaar Janis ergriffen.

»Was hat der Racker«? rief Artur, während Jani auf den Vorderbeinen turnte.

»Sitz ab und schau nach! Vielleicht ist ihm ein Taschentuch in die Sattelkammer geraten.«

Artur gab ein paar Eisen und bohrte mit dem Finger hinten in die Sattelkammer.

»Richtig«, sagte er und schwenkte das Tuch. Dann biß er sich auf die Lippen und schwieg.

»Siehst du jetzt ein, Artur, daß ich es gut mit dir meine? Vorhin hab ich dir empfohlen, dich an die

Mähne zu klammern — da bist du grob geworden. Und wie ist dir mein Rat jetzt zupaß gekommen!«

»Du in meiner Lage ...«

»Oh, ich hätte mir nicht so viel daraus gemacht. Ich hätte den Oberleib zurückgenommen. Hat man euch das in Weißkirchen nicht gelehrt?«

Artur nickte mit einem wütenden Seitenblick auf mich, stellte die Fäuste auf und begann, seinen Rappen zu schrauben.

»Du mußt Jani nicht um die Hälfte kürzer machen wollen, Artur. Du mußt ihn auch nicht aufrichten — er ist keine Flaggenstange, sondern ein sanftmütiges Pferdchen und hat nur den Fehler, sich von jedem Alltagsreiter Grobheiten gefallen zu lassen.«

Er tat, als hörte er nicht.

»An Lore Völker gefällt mir am besten ihre Bescheidenheit. Man kann ihr die Fensterpromenaden auf den Pferdeohren reiten — es schmeichelt ihr dennoch. General Geyers Volontär hat mir erzählt: An Regentagen hüpft er bei Lore immer nur auf der Peitsche vorbei; so schont er seinen Schecken, und Lore hat ihre Huldigung.«

»Artur«, begann ich nach einer Weile, »nicht wahr, wir schweigen über die Geschichte? Papa würde sich sehr schämen, daß sein Neffe aus dem Sitz gekommen ist. Wenn in der Familie etwas Peinliches passiert, ist am besten, man vertuscht es.«

Artur schwieg.

Hinter Gutta fängt die Heide an, wo die gräf-

»So hilf mir doch, Artur!«

»Herzlich gern — nur rühr mich nicht an!«

Drei Schäfer sind herbeigekommen.

»Aber, Junker! Wie kommen Sie in unsre Mistgrube?«

Sie räumen schnell die Äste weg — das Geflecht hat vorher das Loch verdeckt gehabt —, und helfen mir hervor. Amazone springt so rasch nach, daß ich geschwind zur Seite weichen muß, um ihr nicht in die Quere zu kommen.

»Pfui«, ruft Artur und hält sich die Nase zu.

Ich besehe mein Kleid. Bis zu den Knien ist es dreckig. Und wie dreckig! Amazone trabt herrenlos im Schafeinfang hinter den Lämmern her — die Lämmer flüchten in verrückten Rudeln von einer Hürde zur anderen. Schäfers Esel brüllt und fetzt, was er kann. Die Hunde bellen, als wäre Amazone eine Tigerin. Zu alledem aber lacht Artur aus vollem Hals.

Endlich hat Amazone ausgetobt und kommt stechend näher. Sie blickt mich an und ich sie.

»Marius, wie tief sind wir gesunken!« sagt sie mir in der Pferdesprache und bläst sich den Unrat aus den Nüstern.

Ich erfasse sie am Backenstück.

»Fräulein, kommen Sie zum Bach, wir werden Sie abwaschen«, schlägt des Schäfers Gehilfe vor.

Artur läßt die Finger nicht von der Nase.

»Hast du uten dachgeseh, Barius?« fragt er. »Ich habe voriges Jahr bei Taschetuch uten vergesse.«

»Geh nur und such es! Vielleicht findest du auch

die zwanzig Kreuzer dort, die du mir von der Wette her schuldest.«

»O bitte. Ei Sprug gilt dur bit Laden.«

»Gilt nur mit Landen? Ich bin ja gelandet. Bloß nachher bin ich aus dem Bügel raus, um aus der Grube zu können.«

»Das ka jeder sage. So gilt ei Sprug dicht.«

»Frag doch mal Schäfers Esel! Er wird dir erklären, was man unter dem Landen nach dem Sprung versteht.«

Wir kommen an den Bach, und ich muß samt meiner Stute mitten hineintreten. Zwei Schäfer nehmen das Pferd in Arbeit, der Gehilfe wäscht an meinem Rocksaum herum. Er kniet in das Wasser nieder, und im eifrigen Putzen sieht er mich mit glänzenden Augen an.

»So, jetzt ist es gut«, sage ich. »Nun geht und laßt mich allein! Das übrige besorg ich selbst.«

Drei Stunden hat es gedauert. Die Sonne ist im Sinken, doch ehe sie nicht untergegangen ist, wage ich mich nicht unter Menschen.

Mein nasses Kleid schlägt um die Stiefel, als wir durch Gutta heimreiten. Wenn Leute uns begegnen, ziehen sie schnüffelnd die Nase hoch und staunen uns nach. Artur hält sich gewissenhaft auf der Windseite im Straßengraben.

In Gutta guckt Lore Völker eben durch das Klappfenster. Als wir dicht bei ihr sind, fährt sie erschrocken zurück, schlägt die Scheibe zu und bleibt mit aufgerissenen Augen stehen. Boshaft zeigt Artur auf mich und macht wieder seine häßliche Gebärde an die Nase.

Endlich sind wir zu Hause. So hungrig ich bin — ich stürze schnurstracks ins Bad.

»Was hat Marius?« fragt Papa.

Durch die Tür höre ich Artur antworten: »Marius? Ich weiß nicht. Sie hat nur eben gesagt, sie wolle meinem Pferd nie mehr ein Taschentuch in die Sattelkammer stopfen.«

Die Feilbietung

Niemand bebt vor Bakonja so schlotternd wie Onkel Geyer — und wahrhaftig, niemand hatte auch mehr Ursache dazu:

Der große Hof Magodinowatz verbrauchte nicht Onkel Geyers Arbeitskraft und Geist. Ruhelos — neben dem Ackerbau — betrieb General Geyer noch das Hageltaxieren; versicherte die Umgebung weithin gegen Einbruch und Feuerschaden; vertrieb, vermittelte, tauschte, veräußerte Maschinen, Dünger, Hypotheken; war unermüdlich hinter dem Geld her und raffte es und häufte es in Beuteln, Packen und Stößen.

Die Hauptsache aber war der Holzhandel. Der Wald von Magodinowatz dehnte sich bis an die Drau — Onkel Geyer hatte ihn durchforstet, und Scharen von Büffelgespannen schleppten schweißtriefend Onkel Geyers Eichen an den Strom. Da lagen in Stapeln Millionen Faßdauben, von fleißigen Schabeisen geglättet. Onkel Geyer auf seiner Pußta Magodinowatz offerierte, stornierte, telegraphierte nach aller Gottes Welt — nach Budapest, nach Wien, nach Tokay, selbst nach Frankreich. Wo immer Wein wächst, kannte man Geyers Namen, seine Fässer und Faßdauben.

Geyer war reich und hatte viel zu schaffen — für seinen Erwerbssinn immer noch nicht genug.

Auch die Wälder der Nachbarschaft kaufte er auf und schrotete sie klein. Aus dem Kleinsten, dem Prügelholz, den Knopern und der Rinde — wenn andere es modern und faulen ließen —, er sog auch daraus Geld.

Im Sommer die große Feilbietung war immer, seit Jahren, auf Magodinowatz. Dann kamen sie in Rudeln aus dem holzarmen Banat, über den Strom aus der Schwäbischen Türkei, die Agenten, die Händler mit prallen Brusttaschen, nach Magodinowatz — und es quirlte ein Leben auf der Pußta wie auf einem Jahrmarkt; die Zimmer langten nicht, die Gäste zu behausen. Dicke, verwöhnte Herren schliefen auf Stroh in den Maisdarren, auf Heu und Plachen in Magazinen.

»Wenn da Bakonja hereinplatzt ...«, dachte Herr Geyer ächzend und bat zeitgerecht die Regierung um Schutz.

Es kam denn auch ein Zug Ulanen auf Räuberkommando: Leutnant Giulio Kolinsky mit fünfundzwanzig Reitern.

Ich hörte es, kümmerte mich aber nicht darum; wollte nichts mehr von Giulio wissen, seit er sich so gemein gegen mich benommen hatte — damals, als ich ihm zum Empfang entgegengeritten war.

»Wenn da Bakonja hineinplatzt!« sagte auch Papa, doch in anderem Ton als General Geyer: Papa hätte es Herrn Geyer recht gegönnt.

Denn aller Lärm um Bakonja, behauptete Papa,

komme von Geyer; Geyer versichert gegen Einbruch, und Bakonja stört ihm die Geschäfte; Geyer und kein anderer, sagte Papa, habe unlängst die Fahndung veranlaßt auf Pußta Ilintzi, jene Fahndung der Gendarmen, wo der arme Franzel den Tritt ins Gesicht bekam; Geyer hat es auch in die Zeitung gegeben, er, nur er bildet sich ein, Bakonja lebe bei uns auf Ilintzi. Die Zeitung aber ging von Hand zu Hand, und alle lasen sie gierig. Da stand gedruckt:

»Die Zustände im Komitat schreien schon bereits zum Himmel und sind dieselben auf die Dauer unhaltbar. Man kann füglich behaupten, daß, seit weiland Kaiser Joseph der Zweite vor hundert Jahren die Reichsstrecke von Essegg nach Agram bauen und beiderseits neunzig Klafter Wald ausroden ließ, damit die Reisenden nicht so unversehens in die Gewalt der Buschklepper verfallen, so ist seither nichts mehr für Verkehr und Sicherheit im Komitat geschehen, auch hat der Besuch Seiner Exzellenz des Banus gar nichts genutzt, sowie die Entsendung eines Ulanenregiments, die Gauner tanzen nach wie vor den Behörden auf der Nase herum. Täglich mehren sich die Überfälle, und kennt man den Schlupfwinkel der Übeltäter in eingeweihten Kreisen als die Pußta I., ohne denselben aber auszuräuchern. Es ist an der Zeit, daß die Behörden ein gemeinsames Auge auf jenes Treiben richten, wenn man schon die Völker regieren will, soll man nicht vergessen, daß viele tausend Deutsche seit dem Jahr 1723 hier unten angesiedelt sind. Jedoch alles, was die Behörden planen, wird von harmlosen Wissenden, auch Kindern, mehrweniger aus Leichtsinn den Räubern vorher ausgeplaudert und hinterbracht, so daß dieselben sich einrichten können, um nicht ertappt zu werden. Falls sich erwähnte Zustände nicht alsbald bessern, gedenken wir mit einem zweiten, noch schärferen Artikel in Bälde hineinzuleuchten.«

Es war am Vorabend der großen Feilbietung auf Magodinowatz. Noch waren nicht alle Holzhändler versammelt, doch Frau Geyer mit ihren Mägden und Hilfsweibern buk und briet, daß die Gegend auf Meilen nach Zwiebeln roch und das Fett aus den Geyerschen Schornstein brutzelte; schon diesen kleinen Vortrab zu versorgen — vierzehn Gäste, vierzehn Kutscher, fünfundzwanzig Ulanen — ist keine geringe Sache.

Morgen werden es nicht vierzehn, sondern vierzig sein, am Ende mehr. Zwei Kälber sind geschlachtet, ein Schwein, ein Dutzend Truthühner: Die Hausfrau hat zu tun.

Spätnachts kommt noch ein Rittmeister von den Gendarmen, verlangt Atzung, Unterkunft. Er ist, sagt er, der Flügelkommandant aus Essegg — als wären der Ulanen nicht genug, von der Regierung eigens mit der Hut der Holzhändler betraut.

»Aber Jesus, Herr Rittmeister«, jammert Frau Geyer, »wo soll ich Sie nur hintun? Sie können doch nicht in die Darre, ins Magazin — und im Haus hab ich keinen Zollbreit Platz mehr. Wenn Sie vorlieb nehmen wollten mit dem Sofa im Zimmer des Herrn Leutnants?«

Der Rittmeister ist einsichtig, er nimmt vorlieb. Den Herrn Leutnant befragen? Ist nicht erst nötig: Kamerad Kolinsky schmaust im Herrenzimmer — er soll nicht gestört werden; der Rittmeister ist müde, will gleich zu Bett; vielmehr bescheiden auf das Sofa; wenn der Leutnant in die Klappe geht, findet er eben den Schlafgenossen vor; wird sich die Einquartierung schon gefallen lassen.

Von vierzehn Händlern sitzen im Herrenzimmer von Magodinowatz noch elf — noch acht — noch fünf; die übrigen sind schlafen gegangen.

Mit den letzen fünf kneipt unverdrossen ihr Beschützer Giulio Kolinsky. Wie ein Kapitän im Schiffbruch: Er, der alle Verantwortung trägt, wird das schwankende Deck als letzter verlassen.

Schließlich trotzen noch drei dem Sturm des Weines, der Seekrankheit — und sie beginnen zu färbeln. Eine gefährliche Probe das in so später Nacht: Färbel ist ein Kartenspiel, da kann man ein Vermögen verlieren und gewinnen.

Zwei Holzhändler aus Ungarn plündern ihren Wiener Kollegen und plündern meinen Vetter Kolinsky aus bis auf das Hemd.

Giulio Kolinsky kehrt verkatert, übellaunig ein in seine Stube und findet das Sofa besetzt. Der Rittmeister stellt sich vor, bittet um Entschuldigung. Ein Wort gibt das andere. Giulio erzählt von seinem Pech im Färbel.

Der Rittmeister — Götzel heißt er ... oder

Kirzel ... Herzel ... Giulio hat bei der Vorstellung den Namen nicht recht verstanden — der Rittmeister erhebt sich auf seinem Lager, blickt dem Leutnant lange ins Gesicht, steht vollends auf und sagt: »Komm mit!«

»Wohin?« fragt Giulio.

Der Rittmeister winkt nur: Hinaus!

Auf dem Hof eine kleine Überraschung: Da steht ein Wagen angespannt, und zwei Herren — eben jene, die heute nacht soviel Geld gewonnen haben — zwei Herren wollen in den Wagen steigen.

Der Rittmeister tritt höflich an den Schlag und grüßt. »Wie«, fragt er, »die Herren reisen schon ab? Vor der Feilbietung?«

Ja, meinen die beiden, sie hätten sich's überlegt, die Zeit passe ihnen nicht, und sie hätten auch andere Geschäfte ...

Da zieht Rittmeister Götzel — oder Herzel — seinen Revolver und lächelt und sagt: »Ich werde bis drei zählen. Bei eins heben Sie lautlos beide den rechten Arm.«

Die Herren erblaßten und taten schon, wie ihnen befohlen war.

»Zwei! Sie holen mit der Linken das Geld aus den Brusttaschen.«

Die Herren gehorchten.

»Auf drei, ihr Schwindler und Falschspieler, gebt ihr dem Leutnant sein Geld zurück!«

Es geschah.

»Und nun«, sprach der Rittmeister, »fahrt in Gottes Namen!«

Wie geschwind sie fuhren!

»Sie aber, Herr Leutnant«, gebot der Rittmeister, »begleiten mich zu Ihrer Mannschaft — ich will sehen, ob alles in Ordnung ist!«

Giulio folgte dem Herrn Flügelkommandanten. Die Ulanen schnarchten in langer Reihe, da durfte auch Giulio endlich zur Ruhe gehen.

Der Herr Rittmeister besichtigte noch die Lagerstätten der Gäste, in der Maisdarre und im Magazin.

In der Maisdarre fand er zu viele, da wandte er sich auf den Zehenspitzen ab.

Im Magazin waren nur sechs — die meisten stieselsteinbetrunken — ihnen hielt er den Revolver vor und erbeutete dritthalbtausend Gulden.

Den Onkel Geyer überfiel der Rittmeister im ehelichen Schlafgemach. Geyer quiekte — es half ihm nichts: Alle Diener, todermattet, lagen wie die Säcke, die Ulanen schnarchten lauter, als Herr Geyer quiekte; und ehe der Rittmeister nicht dreitausend Gulden hatte, ließ er Onkel Geyers Gurgel nicht los.

Dann schwang er sich auf ein Ulanenpferd und sprengte davon.

So hatte mein Vetter Giulio auf Räuberkommando eine Ehre gehabt, die ich so lange vergebens ersehnte: die Ehre der persönlichen Bekanntschaft mit Herrn Bakonja.

Onkel Heinrich zu Pferd

Artur und ich saßen wie gewöhnlich auf dem First des Eiskellers, schön im Schatten, und besprachen eine Feuerwehrübung, die wir gegen Abend mit der gesamten Pußtajugend machen wollten: Schweinehirts Stephan wird ein Häufchen vorjähriges Stroh anzünden, Klaubholz darauftun, und wir löschen den Brand.

Da gellten in unser Gespräch von der Kanzlei her zwei schrille Pfiffe. Das bedeutete, daß Papa mit mir sprechen wollte.

»Marius«, rief er, »bitte das Fräulein zu mir, und ihr beiden kommt auch mit!«

Das Fräulein — wo mag denn nur das Fräulein stecken? Sicherlich dichtet sie im Garten. Richtig, da saß Fräulein Valeska Wunderlich, hatte einen Bleistift im Mund und blickte gen Himmel.

Ich bestellte ihr Papas Befehl. Sie kramte ärgerlich ihre sieben Sachen in die Mappe, stand auf und sagte: »Maria, erinnere mich nachher an ›Lust — Brust‹!«

Und wir alle drei gingen in die Kanzlei.

Fräulein Valeska erwiderte Papas Morgengruß mit einem Knicks, Artur und ich salutierten, und Papa begann — zunächst zur Gouvernante: »Es ist da ganz was Eigenes los, Fräulein. Mein Schwager Heinrich depeschiert eben, er werde demnächst herkommen, ich möchte ihm einen Wagen an die Bahn schicken. Nun, wissen Sie, die Sache ist ... hm — ist mir nicht ... so ganz gelegen. Erstens trifft auch der Herr Graf nächstens ein, zweitens ist Artur da, der im Fremdenzimmer wohnt, und dann ... na kurz — wie soll ich mich ausdrücken? Mein Schwager pflegt, wenn er mal bei uns ist, nicht gleich wieder wegzugehen, besonders wenn er sich heimisch fühlt. Und heimisch fühlt er sich fast immer. Nicht als ob ich meinen Schwager ungern zu Gast hätte. Im Gegenteil, ich bin sogar sehr erfreut — oder sagen wir: Er ist mir recht angenehm. Doch ich möchte, daß er bloß höflich behandelt werde, sehr höflich, gewissermaßen nobel, aber nicht familiär. Sie verstehen mich wohl, Fräulein?«

»Natürlich verstehen wir«, rief ich und stieß Artur meinen Ellenbogen in die Rippen, in der Vorfreude auf einen großen Spaß.

Papa mußte es bemerkt haben.

»Dich, Marius, hat niemand gefragt. Ich erwarte insbesondere von dir, daß du deinem lieben Onkel mit aller Rücksicht entgegenkommen wirst — so sittsam, wie es sich für dein Alter und deine Erziehung schickt. Und noch etwas, Marius! Erschrick nicht, Marius: Onkel Heinrich wird natürlich reiten und fahren wollen. Ich habe jetzt kein geeignetes Pferd für ihn — folglich wirst du ihm, wenn er hier ist, Jani zur Verfügung stellen. Du bekommst dafür einen Damensattel. Hast du verstanden?«

»Verstanden — ja. Aber ich gebe Jani nicht her.«

»Marius, ich sehe ein, daß ich dir viel zumute ... Das Pferd ist dein. Gewiß. Ich mache dir es nicht streitig. Wenn aber ich, Papa, dich bitte —?«

Papa hat leicht bitten. Ich darf ihm doch nicht nein sagen.

Papa legt mein Benehmen gegen Onkel Heinrich dem Fräulein noch recht warm ans Herz und hieß uns zwei abtreten, dem Fräulein aber machte er eine Verbeugung.

Ich lief hinaus, daß mir die Mähne flatterte, Artur schritt schnurrbartkräuselnd mir nach. Wir setzten uns wieder auf den Keller, paßten auf, bis Fräulein Valeska vorbeikam, und riefen ihr im Duett nach: »Luft! Brust! Luft! Brust! Krakarakax!«

Wie die Unken im Teich.

»Sei nicht traurig, Marius!« tröstete Artur, »wir werden Jani schon entsprechend herrichten. Nicht einen Tag wird Onkel Heinrich ihn haben wollen.«

Nun begann eine planvolle Schulung Janis. Auf das »Sst«, worauf die andern Pferde stehenbleiben, mußte er angehen, auf einen Zungenschlag, sonst eine Ermunterung, hatte er stillzuhalten.

Wollte man von unserer Pußta auf die Straße kommen, dann mußte man über eine Brücke. Die Brücke sah man erst, wenn man dicht davorstand, weil sie in der Biegung lag, mitten in einer Baumgruppe. Auf die Brücke wurde Jani ganz besonders eingearbeitet.

Ich führte Jani langsam hin. Dicht vor der Brücke

sprang Vetter Artur aus dem Dickicht — er hatte nur auf uns gewartet — und schwang unter indianischem Jodeln einen brennenden Span. Jani sah kaum das Feuerzeichen, da machte er auf einem Hinterstollen kehrt und stob davon, was er konnte. Dafür bekam er dann zu Hause Zucker.

Jani, das kluge Tier, hatte auch bald heraus, daß es immer ausgesuchte Leckerbissen gab, wenn er sich im Wasser niederlegte.

Nach einem Monat sagte Artur befriedigt: »So, nun kann Onkel Heinrich kommen, Jani ist hergerichtet.«

Drei Tage später war der Onkel da.

Alles kann man dem Mann nachsagen, doch ein Schwärmer, nein, ein Schwärmer war Onkel Heinrich nicht. Er konnte im Glück schwelgen — sein Glück aber war etwas Handgreifliches, meist Eßbares. Gern setzte er sich auf die Veranda und ließ sich das Geflügel vortreiben. Im Geist aß er es schon. Wohlgefällig schmatzte er unsere Gänschen und Entchen, die so groß waren wie Truthühner — die Truthühner, die wieder feist waren wie Lämmer — und die Schafe, so groß wie Kälber. Schmunzelnd besichtigte er auch den Gemüsegarten.

»Bravo, bravo!« rief er ein über das andere Mal, »da steht ja alles in Blüte!«

Es war aber nur figürlich gemeint, denn in Wahrheit hing es schon allerorten voller Frucht: die Turkestan- und Wassermelonen, die Weinstöcke, die Apfel- und Birnbäume. Das Summen der Bienen war dem guten Onkel eine besonders angenehme

Musik, und er fragte teilnahmsvoll auch gleich nach unsern Kühen, denn er aß den Honig am liebsten mit Butter.

Am Abend hielten Artur und ich auf dem Eiskeller Kriegsrat. Artur schlug ein altbewährtes Mittel vor: Man nimmt ein wenig Honig und streicht einen Teller damit an; dann fängt man hundert oder hundertzwanzig rote Baumwanzen und tut sie einzeln auf den Honig; obendrauf häuft man Gartenerdbeeren und bestreut sie dick mit Zucker; das Ganze bekommt der liebe Onkel zum Frühstück. Nichts schmeckt abscheulicher.

Ich war schon früher mit mir zu Rat gegangen und hatte mir ein ganz anderes, viel feineres Benehmen gegen den Oheim zurechtgelegt — ein Benehmen, das auch vor Papas Urteil nur als Zeugnis von Anstand und Schliff bestehen sollte; dem Onkel Heinrich wird es sehr gefallen und ihn dennoch veranlassen, seine Zelte auf Pußta Ilintzi abzubrechen.

Artur machte sich sehr patzig mit dem Frühstück, das gar nicht seine Erfindung war. Er müsse dem Onkel Wanzen servieren.

Sooft etwas dergleichen geschah, gab Papa mir die Schuld — teils aus Gastfreundschaft, teils aus Erfahrung. Darum sagte ich: »Onkel Heinrich bekommt keine Baumwanzen. Basta!«

»Oho«, rief Artur, »du redest ja schon wie ein Schwadronskommandant.«

»Darf ich auch. Hier hab ich zu befehlen.«

»So?«

Und er tat sehr verwundert.

»Lieber Artur, hier bin ich zu Haus, und du bist niemand. Wenn du nicht gehorchst, komm ich mit der Peitsche.«

»Hahaha! Du kommst mit der Peitsche? Wollen wir sehen!«

Er steckte beide Hände in die Hosentaschen, ging sporenklirrend auf und ab und blieb herausfordernd stehen.

»So schlag doch zu, wenn du Mut hast!«

»Mut habe ich genug, aber keine Peitsche«, antwortete ich begütigend. »Die will ich mir erst kaufen. Du schuldest mir noch zwanzig Kreuzer von der Wette.«

Er schwieg kleinlaut, und ich fuhr fort: »Weißt du, Artur, ich muß mich mit Onkel Heinrich gut verhalten. Vielleicht hat er mir ein Geschenk mitgebracht und es bloß noch nicht ausgepackt. Du mußt schon Rücksicht auf mich nehmen. Übrigens bist du sehr eigen gegen mich, gar nicht wie andere Leute, die schöne Basen haben.«

»Schöne Basen? — Ich?« fragte er.

»Nein, ich, Artur. Ich bin die schöne Base.«

»Wer hat denn das gesagt?«

»Papa.«

»Hat sich was mit deiner Schönheit!«

»Laß nur! Ich hab heuer von allen Pußtamädels den höchsten Maibaum gehabt.«

Am andern Tag stellte sich allerdings heraus, daß mir Onkel Heinrich nichts mitgebracht hatte. Als er nach dem Gewehr langte, um in der Erlenremise

Tauben zu schießen, schickte ich Artur schnell voraus; Artur tat dort einen Schuß, und als Onkel Heinrich zu den Erlen kam, gab es im weitesten Umkreis keine Taube. Übertriebene Vorsicht der Tauben; denn so gut Artur und der Onkel schossen — treffen taten sie nie was.

Onkel Heinrich blieb zwei Stunden aus und kehrte sehr verdrossen zurück. Beim Abendessen sagte er zu Papa: »Es scheinen sich hier Wildschützen herumzutreiben. Ich hab es heute nachmittag knallen hören.«

Papa faßte mich scharf ins Auge und antwortete: »Na, wenn wieder etwas dergleichen vorkommt, werde ich die strengsten Maßregeln ergreifen.«

Ich ließ es aber nicht auf mir sitzen, sondern schüttelte den Kopf und zeigte auf Artur. Papa machte eine Handbewegung, die bedeutete: »Ich kenne meine Pappenheimer« — und bot dem Gast Kastanienkohl an.

Früh am Morgen waren wir schon fleißig. Wir arbeiteten Onkels Patronen um. Wir nahmen Schrot und Pulver heraus und füllten beides vermischt wieder ein. Solche Patronen krachen genau wie gewöhnliche und sind auch ebenso schwer, doch wenn man mit ihnen schießt, fehlt man auf zehn Schritt ein Kirchentor.

Onkel Heinrich hatte bisher gar nicht das Verlangen geäußert, zu reiten — schon meinte ich, er werde überhaupt darauf verzichten. Jetzt, wo Jani so schön hergerichtet war?

Das ewige Pech auf der Jagd machte Onkel Heinrich endlich ungeduldig. Er fettete seine Flinte ein und beschloß, sich dem Reitsport zu widmen.

Ich erörterte mit Artur den Gedanken, dem Onkel eine Buchecker in die Satteldecke einnähen zu lassen. Von Lisi, der Köchin — Onkelchen hatte ihr voriges Jahr kein Trinkgeld gegeben. Artur war dagegen. Wenn wir ihm was einnähen, bockt Jani ihn auf dem Fleck herab, und wir kommen um das richtige Schauspiel an der Brücke.

Gut, Onkel Heinrich sollte reiten.

Er ritt auch, noch am Nachmittag, als es ein wenig kühler war.

Und das ging so zu: Onkel Heinrich saß auf. Als er oben saß, wollte er natürlich von der Stelle. Er tat einen Zungenschlag — Jani stand. Da hieb er ihn mit der Gerte, und der Rappe lief.

»Sst . . . ! Sst!« machte Onkelchen — das Tempo war ihm zu stark. Jani galoppierte immer besser. Nun kamen sie zur Brücke: Der Gaul schlug eine halbe Pirouette, Onkel fiel herunter, und Jani lief nach Hause, sich seinen Zucker zu holen.

Tags darauf sagte ich zu Artur: »Wir müssen Onkel Heinrich bitten, noch einmal auszureiten, nach dem Bach, damit er sieht, was Jani alles gelernt hat.«

Artur war ganz meiner Ansicht. Er redete Onkel Heinrich zu, es noch einmal mit dem Pferd zu wagen. Dazu schnitt er aber ein so dumm-pfiffiges Gesicht, daß der Onkel mißtrauisch wurde.

»Hab ich denn meine Knochen gestohlen?«

»Sieh, Onkelchen«, sagte Artur, »die Sache bei der Brücke ist nur ein unglücklicher Zufall gewesen. Warum hast du auch gerade auf die Straße müssen? Vor der Brücke ist das Pferd noch jedesmal umgekehrt.«

Onkel ließ sich schwer erweichen. Nach einer Woche, als es ihm schon todlangweilig bei uns geworden war, entschloß er sich endlich. Doch Artur (der als Kadettenschüler jedenfalls mit allen Gäulen auf dem Du-Fuß stehen mußte) sollte ihn begleiten, ebenfalls zu Pferd.

Artur bekam von Papa ein Ackerpferd, zog seine Breeches und Lackstiefel an, und so ritten sie fort. Ich trabte auf des Schäfers Eselchen nebenher; war zu neugierig, wie Artur den Onkel hineinlegen wird.

Bis an das Wasser ging es ohne Zwischenfälle. Als wir aber furten wollten, versagte Arturs Pferd.

Onkel Heinrich begann sich schon zu fühlen, weil bisher alles so glatt abgelaufen war, und sagte: »Wartet, ich will zuerst durch.«

Er wollte, doch Jani wollte nicht. Agitza, das kleine Eselchen, spürte drüben die Schafe und ging ohne Anstand. Dann folgte Artur, freundlich lächelnd und verschmitzt. Sein Schimmel scharrte, und ... plötzlich lag er da. War die Bestie von einem Schimmel auch so eine, die sich im Wasser gern niederlegte.

Das sehen und sich hinlegen, war für Jani das Werk einer Sekunde. Arturs Lackstiefel und die schwarzen Breeches aus Distanzreitstoff waren für den Augenblick hin, doch man konnte sie immer noch auffrischen. Onkel Heinrichs goldenes Augenglas aber fanden wir nie mehr in den trüben Fluten.

Wir jauchzten wie die Schneeknuxe. — Dann kam das Nachspiel.

Keine Ausrede half, die Schuld war sonnenklar. Artur benahm sich auch zu gemein: Er ließ mich in der Patsche sitzen und spielte sich in seinen triefenden Breeches vor Papa als Märtyrer auf.

Papa war unsagbar aufgebracht. Er hielt mir eine Standrede von einer Länge, Breite und Tiefe wie nie zuvor im Leben.

»Marius«, sagte er, »ich habe dich gebeten, jawohl, gebeten, Onkel Heinrich dein Pferd zu borgen. Du konntest mir es offen verweigern. Doch nein, das hast du nicht getan. Mir ins Gesicht hast du Ja gesagt, und hintennach, heimtückisch hast du dem Pferd Unarten beigebracht. Diese ignoble Handlungsweise muß gerächt werden. Marius, sieh mich an: Jani wird verkauft.«

»Papa!« Es war ein Schrei des wehesten Entsetzens.

»Keine Tränen, keine Szenen, Marius! Nur wenn Onkel Heinrich dir verzeiht, dann bleibt dir Jani. Verstanden?«

Ich nickte willenlos. Denken konnte ich nicht.

»Mach es mit ihm aus!« setzte Papa hinzu und wandte sich von dannen. Vielleicht dauerte ihn mein offenkundiger Jammer.

Ich kämpfte lange mit mir. Onkel Heinrich bitten. Zu sterben wäre mir leichter geworden.

Gegen vier Uhr sah ich einen fremden Herrn zu Papa in die Kanzlei gehen.

»Der kommt um Jani«, war mein erster sinnloser Einfall.

Ich stürzte zu Onkel Heinrich. Er lag eben im Schaukelstuhl und verdaute.

»Onkel Heinrich! Onkel Heinrich!« schrie ich so gellend, daß er emporschrak.

»Was ist denn los? Ist Bakonja da?«

»Nein, aber er verkauft ihn, Onkel Heinrich!«

»Wer? Was? Was plärrst du da? Wer verkauft — was? Was verkauft — wen?«

»Den Jani. Schnell, lauf zu Papa und sag, daß du es nicht leiden willst!« bettelte ich mit gerungenen Händen.

»Fällt mir nicht im Schlaf ein. Meinetwegen kann das Aas ruhig krepieren.«

Gott — den Großen fällt so schwer, großmütig gegen die Kleinen zu sein.

Und Onkel Heinrich war hartgesotten. Nach blutigen Tränen, nachdem ich sogar einen Kniefall vor ihm getan und himmelhoch geschworen hatte, in Zukunft weder keck noch vorlaut sein zu wollen, nahm er mich an die Hand, und in Papas Kanzlei wurde die Versöhnung gefeiert. Jani war mir gerettet.

Der Viererzug

Mein Groll gegen Onkel Heinrich war grenzenlos. Bitten hatte ich müssen, schwören hatte ich müssen — nun wollte ich mir auch mein Mütchen kühlen. Was — was tue ich ihm an?

Da hörte ich, der Herr Graf sei zum Sommeraufenthalt in Gradina eingetroffen. Und schon durchblitzte mich eine Eingebung.

Ich nahm Abschied von Artur.

»Wohin?« fragte er.

»Nach Mesopotamien.«

»Was dort?«

»Krokodile fangen.«

»Von mir aus geh ins Pfefferland, du mondsüchtige Gretel!«

Ein recht langwieriger Weg das, nach Gradina. Meinen Jani hatte ich dazu nicht satteln dürfen, sonst hätte Papa Lunte gerochen; so lieh ich mir vom Onkel Schafhirten die Agitza. Sie trottete brav, bloß wenn sie irgendwo Schafe sah, stellte sie ihre Tutohren auf, röhrte und war nicht fortzukriegen. Und den Schäfersattel muß man gewohnt sein, er drückt sehr.

Die Gassenjungen in Gradina liefen hinter mir her und riefen mir »Eselin« nach, um mich zu foppen. Ich sprang ab und warf dem vordersten, dem Wlado vom Bundschuhmacher, einen Kiesel an den Kopf. Da liefen sie alle. Sie sind sehr feig, die Buben in Gradina.

Ich band Agitza von innen an das Parktor und sperrte ab, damit mir die Buben meine Eselin nicht losmachten. Dann fragte ich nach dem Herrn Grafen.

Er saß im Jagdsaal und rauchte eine türkische Pfeife. Überrascht sah er auf.

»... Ah, du bist es, Marius? Grüß dich Gott!«

»Ich will nichts«, log ich, »ich bin nur ein wenig zu Besuch gekommen, um zu sehen, wie es Ihnen geht.«

»Sehr lieb von dir.« Er lachte. »Danke der Nachfrage übrigens, es geht mir soso. Na, ich hätte mir nicht träumen lassen, daß ich schon am ersten Tag so schönen Besuch bekomme. Setz dich!«

Ich setzte mich.

»Was treibt Papa?«

»Danke, es macht sich. Ein Ochs ist umgestanden.«

»Ah!«

»Ja. Hat zuviel Klee gefressen. — Jetzt dreschen sie draußen Roggen. Es schüttet recht gut, bloß Franzel ist immer betrunken. Das hat er von seinem Vater.«

»So? Wer ist denn Franzel?«

»Der Heizer von der Dreschmaschine, der ohne die drei Vorderzähne, die ihm fehlen. — Es ist hübsch draußen auf der Pußta. Auch der Weg ist gut. Kommen Sie bald hinaus?«

»Natürlich muß ich Papa besuchen, meinen alten Kriegskameraden.«

»Deswegen bin ich gekommen. Ich möchte Sie hinausfahren. Wissen Sie, Sie haben mich nämlich aus der Taufe gehoben ...«

»Und ...?«

»Und da möchte ich Ihnen gern zeigen, wie schön ich Viererzug fahren kann — weil Sie doch mein Pate sind.«

»Was, Teufel, Marius? Viererzug fahren kannst du? Wo hast du das her?«

»Damals, als der Banus kam, hab ich es so abgespitzt, von Papa, vom Paradekutscher, vom Zuschauen. Manchmal durfte ich auch ein wenig versuchen.«

»Das muß ich doch sehen«, rief der Graf und schellte dem Diener, damit man anspanne.

»Ich hab mir gleich gedacht, daß es Sie interessieren wird.«

»Gewiß, du sollst mich hinausfahren. Aber zur Sicherheit nehmen wir doch auch meinen Florian mit ...«

»Ist gar nicht nötig, die Pferde gehen ohnehin wie die Affen. (Ein Weißkirchner Ausdruck — ich hatte ihn von Artur.) Das Schmitzpferd galoppiert beim Angehen ein paar Minuten, dann gibt sich das auch.«

Ich fuhr also den Grafen hinaus. Bei Dugamedja ist ein kleiner Hügel, da mußte der Herr Graf bremsen, weil ich nicht beides auf einmal konnte: bremsen und die Spitzenpferde aus dem Zug halten. Doch sonst ging es prächtig. Agitza hatte ich im Schloßstall zurückgelassen.

Artur rundete tellergroße Augen, als ich mit dem Viererzug daherkam. Auch Onkel Heinrich war sehr verwundert, daß »sich der Herr Graf mir anvertraut habe«.

Da tat Papa aber verletzt.

»Von Anvertrauen ist keine Rede, lieber Schwager. Mein Marius ist ein Mordskerl und könnte den Himmelswagen lenken.«

Der Graf bestätigte es und lobte mich sehr. Er klopfte mir auf die Schulter und versprach mir einen schönen Fuhrlohn: Wenn ich mal heirate, darf ich im gräflichen Viererzug nach der Kirche.

Darauf sagte ich: »Danke, aber ich heirate erst spät. Ich möchte meinen Lohn schon heute. Wann und was, will ich Ihnen auf der Rückfahrt sagen.«

»Du fährst mich auch zurück?«

»Ich habe meine Eselin in Gradina gelassen, die muß ich doch holen.«

Also setzte er sich wieder in den Wagen, und wir fuhren zurück.

»Was willst du denn als Fuhrlohn haben?«

»Sie sollen mir einen Tag den Viererzug borgen, ich möchte Onkel Heinrich darin spazierenfahren.«

»Sollst ihn haben, Marius.«

Ich malte mir es so schön aus: In den Graben werfen — nein, daran dachte ich nicht. Bloß sehr, sehr rasch werde ich den Onkel fahren, so rasch, wie er es vordem noch nie erlebt hat. Und Onkel Heinrich ist sehr ängstlichen Gemütes. Wenn er sieht, wie schneidig wir alle sind, dann duckt er sich gewiß und geht davon.

Es kam anders: weil das Schicksal zwerch gelaunt war, Onkel Heinrich ein gr ... ader Mensch — und weil ich mir nichts gefallen ließ.

Eigentlich mochte Onkel Heinrich gar nicht mit, als ich ihn tags darauf in das Vierergespann lud. Er meinte, ich würde ein Unglück anrichten. Ich aber bohrte und bat — und: war nicht gestern erst der Graf mit mir gefahren?

Endlich willigte er denn ein. Doch Artur mußte neben mir auf dem Bock sitzen, als Fachmann und Helfer. Fachmann! Wo er doch nicht ein bißchen Pferdeverstand hat. Hinten im Fond nahm Onkelchen Platz.

Wir schlugen zuerst ein ganz gemütliches Tempo ein. Artur fragte, wohin wir eigentlich sollten. Er war für Gradina: »Weil es dort mehr Staub gibt«, setzte er leise hinzu. Staub, das haßte Onkel Heinrich nämlich. Also nach Gradina.

»Langsam, Maria, langsam!« greinte der Onkel ein um das andere Mal.

Bei der Biegung vor dem Ort wollte Artur in die Zügel greifen.

»Hände weg!«

»Laß ihn nur, Maria, er kann es wohl besser als du«, sagte der Onkel, »er hat ja Reiten gelernt.«

»Aber nur auf einem Pferd«, erwiderte ich böse.

Das reizte den Herrn Vetter.

»So viel wie du kann ich schon noch, vorlaute Kröte.«

»So?« äffte ich ihm näselnd nach. »Frag einmal den Fohlenhirten, was er von dir hält.«

»Was weiß der vom Reiten!«

»Ah! Er hat schon Fohlen geritten, als du noch ›Hoppa — Papa‹ machtest. Und wenn du weg bist, muß er den Pferden alle Mucken austreiben, die du ihnen beigebracht hast.«

Artur hätte nun gern gerauft, doch der Onkel wollte es nicht dulden, mit Rücksicht auf seine körperliche Sicherheit.

»Bist du gleich still und gibst auf die Pferde acht, du Trude? Meinst du, ich will mir bei euch einen Leibschaden holen? Eine liebe Nichte! Erst der Vetter! Und der Papa, wenn man es ihm erzählt, ist stolz darauf. Schöne Familie das!«

»Onkel«, rief ich drohend, »meinen Papa laß aus dem Spiel!«

Fünf Minuten später stritten Artur und ich schon wieder. Diesmal langte er über die Zügel weg nach der Peitsche — er fand, das Handpferd liege nicht im Geschirr. Ich boxte ihn mit dem Ellenbogen weg, und als er immer noch keinen Frieden gab, nahm ich alle Zügel englisch in die Linke und machte mich bereit, mit der Rechten seinen Übergriffen zu wehren.

»Wär ich nur nicht mitgefahren!« stöhnte der Onkel. »Das nimmt kein gutes Ende. Wir fallen noch allesamt in den Graben.«

Es kam aber ganz anders.

Onkel klagte sehr über den Staub. Von Gradina nach der Pußta führt außer der Straße auch an den Mühlen vorbei ein schmaler, schattiger Sommerweg. Wir fuhren an den Mühlen. Ich ließ die Gäule los, was sie laufen wollten. Onkelchen mahnte vergebens zum Verhalten. Artur grunzte vor Vergnügen wie ein Wildschwein. So holten wir einen Bauernwagen ein, der langsam dahinknarrte. Vorfahren konnten wir ihm nicht, dazu war die Bahn dort zu schmal.

Und wer lenkte den Bauernwagen? Wlado vom Bundschuhmacher aus Gradina, dem ich gestern den Kiesel an den Kopf geworfen hatte. Er blickte zurück, und als er sah, daß es nicht der Herr Graf war, der da hinter ihm kam, schrie er: »He, Eselin! Möchtest du gern vor?«

Und hieb wie närrisch auf seine Pferde ein.

Ich ihm nach.

»Warte, du Lump, ich werde dich lehren, mich verspotten!«

Onkel Heinrich fluchte gottlos über den Staub, den Wlado vorn machte, doch ich ließ nicht locker. Immer drauf, hinter Wlado her. Er schlug seine Pferde — ich brauchte meine nur ein wenig freizugeben. Es war ein Sturmflug, in einer Wolke so hoch wie die Pappeln, die den Weg säumten.

Bei der ersten Mühle wird der Weg breit. Ich fuhr Wlado links vor — nur so weit, wie meine Viererpeitsche reichte. Dann wandte ich mich um und ließ dem Lausbuben die Schnur um die Ohren pfeifen.

Er schlug zurück. Doch seine Peitsche war ja viel zu kurz und erreichte mich nicht.

Lange kämpften wir, Bord an Bord, wie zwei Kriegsschiffe, Wlado drei, vier Schritte hinter mir. Wenn er jagte, jagte ich auch. Verhielt er sein Gespann, so bremste auch ich — und knallte rastlos mit der Viererpeitsche zurück nach Wlado. Er konnte kein einziges Mal zu mir langen. Onkel Heinrich heulte hinten, als stäke er am Spieß. Ich hörte nicht auf zu hauen, bis Wlado besiegt und zerschlagen zurückgeblieben war.

Ein Jammern und Stöhnen hinter uns.

Da saß . . .

Ja, da saß Onkel Heinrich, ein Bild des Elends. Rot, gelb, grün und veilchenblau war er, wie der schönste Regenbogen. Ach, kein Hieb, den Wlado getan hatte, war umsonst geführt worden: Mich trafen sie nicht, doch der Onkel hinten hatte sie alle abgekriegt.

»Trude! Trude!« preßte er zornig hervor. Jetzt machte ich mir gar nichts mehr daraus.

Onkel Heinrich fuhr vierundzwanzig Stunden später weg. Er ist auch seither nie wieder zu Besuch gekommen.

Als der Herr Graf von Onkels Abenteuer hörte, hielt er sich die Seiten und tanzte auf einem Bein. Ich hatte gar nicht gewußt, daß er den Onkel so wenig leiden mochte.

Und der Herr Graf ließ mir von da an jedes Vierteljahr das gleiche Deputat ausgeben wie seinem konventionierten Paradekutscher: sieben Metzen Halbfrucht, drei Metzen Mais, achtzehn Wiener Pfund Fett und vierthalb Maß Salz.

Bakonja

Onkel Heinrich hatte mit Verwünschungen Reißaus genommen, dick verbunden und bepflastert. Arturs Ferien waren zu Ende, auch er verließ uns.

Ich stand wieder allein, mit Papa und Fräulein Wunderlich. Sie dichtete, und ich konnte sehen, wie ich mir die Zeit vertrieb.

Da traf sich günstig, daß Onkel Juri, der Schweinehirt, wiederum auf einen Tag verschwand, um zu stehlen.

Ich spielte mit dem kleinen Stephan Räuber und Gendarm. Er setzte sich auf seine große Sau und ritt »auf Patrouille«, ich stattete mich aus der Garderobe Onkel Juris aus und machte den Dieb.

Ich glich nun aufs Haar einem wirklichen Räuber. Fräulein Wunderlich, stolz auf ihre Frisierkünste, nannte meine lange Mähne eine englische Babyfrisur — die Mähne kam meiner Räuberrolle trefflich zustatten. Onkel Juris Pelzmütze saß mir darauf wie angemessen. Nur die Stiefel waren ein wenig zu groß. Dafür war wieder der Pelz zu kurz, denn ich war eine lange, dürre Stange.

»Eh«, sagte ich zu meinem Kumpanen, »wie wäre es, wenn wir unser Fräulein ein wenig schreckten? Sie fürchtet sich so vor Bakonja.«

Stephan blinzelte mich an.

»Was du doch für ein Dummkopf bist, Junker! Ein Dummkopf, meiner Treu! Wenn wir das Fräulein schrecken gehen, schießt uns der gnädige Herr, dein Vater, übern Haufen.«

»Brauchen wir denn so nahe hinzugehen? Wir warten, bis es ein wenig finster ist, dann legen wir uns am Ende der Pappelallee in den Graben, und ich schieße ein paarmal in die Luft. Sollst sehen, wie sich das Fräulein fürchten wird!«

»Und wenn der gnädige Herr herauskommt?«

»Dann rufe ich ihm von weitem zu: Papa, ich bin es, dein Marius.«

Ich redete Stephan zu, bis er einwilligte. Ich mußte aber vorher nach Hause gehen und die große Pistole holen, Stephans Lieblingswaffe. Zu allem war er doch bereit, wenn ich ihm die Pistole borgte.

Ich bemühte mich, einen Augenblick abzupassen, wo Papa aus der Kanzlei gegangen wäre, um die Pistole zu erwischen. Doch Papa ging nicht.

Es dauerte eine Stunde, zwei Stunden — er blieb immerzu. Der Rote Kohn war bei ihm und handelte um Hafer.

»Fünf ein Viertel«, forderte Papa, »das ist aber auch das Äußerste.«

»Unmöglich, Herr Roda, ich soll so leben: Der Hafer ist schlecht geputzt und dumpft.«

»Was? Der Hafer dumpft?« Papa und Herr Kohn schnüffelten an dem Muster. »Der Hafer dumpft? Mein schöner, reiner Hafer? Eine Sünde, ihn überhaupt herzugeben.«

Mir wurde das Warten allmählich zu lang. Ich ging hin, roch an dem Muster und sagte: »Sie haben recht, Herr Kohn, der Hafer dumpft.«

Kohn lachte.

Papa sah mich eine Sekunde verdutzt an und rief: »Marius! Frechling! Der Hafer dumpft?«

»Ja, Papa.«

Papa stieg das Blut zu Kopf. Er biß die Zähne zusammen und murmelte nur: »Tölpel!«

Das Feilschen um den Hafer fing von neuem an. Die Sonne ging zur Rüste. Kohn saß wie festgenagelt. Papa mit ihm. Der Hafer stand zwischen vier Gulden neunzig und fünf Gulden zehn.

»Herr Kohn«, sagte ich, »eilen Sie heim! Es wird dunkel. Die Gegend ist jetzt unsicher — erst gestern ist ein Mann Ihrer Größe erschlagen worden, der auch Kohn geheißen hat.«

Sie hörten nicht auf mich.

Die Uhr schlug sieben. Der Hafer stand auf fünf Gulden »ab hier« und »ab dort«. Endlich einigten sie sich: Papa mußte den Hafer nach Gutta fahren, in Kohns Säcken. Gewogen sollte aber hier werden — zu Kohns Gewichten hatte Papa kein Vertrauen.

Papa begleitete Herrn Kohn hinaus an den Wagen, ich warf unterdessen rasch die große Pistole durch das Fenster auf den Rasen, dann Papas Expreßbüchse und die Jagdtasche. Und stellte mich wieder hin, als wäre nichts geschehen. Draußen versuchte Herr Kohn Papa »das bißchen Erbsen« abzuschmeicheln, das er im Winkel des Schüttbodens erblickt hatte.

Ich schlüpfte hinaus, um das Haus herum, nahm die Sachen an mich und eilte zu Schweinehirts Stephan. Er hatte die Herde schon heimgetrieben.

Wir verkleideten uns wie heute nachmittag — auch Stephan nahm ein Paar Stiefel seines Vaters — und liefen an das Ende der Pappelallee. Ich sah nach — die Büchse war geladen, das volle Magazin. Wir öffneten mühselig eine Patrone, um mit dem Pulver auch die Pistole zu laden. Zündhütchen hatte Stephan immer bei sich.

»Schnell, schnell, Junker, es kommt ein Wagen!«

Bum — bum — bum!

Alles klappte, bloß die große Pistole ging wieder einmal nicht los.

Dann flohen wir der Pußta zu: Stephan nach Haus, ich in den Stall, wo ich die Verkleidung von mir warf, und blitzflink in die Kanzlei, um das Gewehr und die Pistole an den Rechen zu bringen.

Papa war gerade nach dem Schafeinfang gegangen. Auf die Schüsse, das Gebell sämtlicher Pußtahunde, auf das Geschrei der Dienerschaft lief er zurück.

Kaum hatte ich die Kanzlei hinter mir geschlossen, da stürzte er schon herbei und ergriff die Büchse. In der Hast merkte er gar nicht, daß sie eben erst abgeschossen war, obwohl man es deutlich riechen konnte.

»Wer hat geschossen?« rief er.

Der Herr Rote Kohn stand händeringend inmitten einer erregten Gruppe. Er war schon fortgefahren, doch eilends wieder umgekehrt, als er die Schüsse hörte.

»Die Räuber«, jammerte er, »die Räuber! Nicht einmal hundert Schritt von der Pußta ist der Mensch seines Lebens sicher.«

»Was?« rief Papa. »Räuber? Wo?«

»Dort — in der Pappelallee.«

Alle rannten hinaus: der Schaffner, der Paradekutscher, der blinde Ilia, Michel und Franzel aus der Schmiede, die Knechte, der Futtermeister, Papa an der Spitze. Bei der Einfahrt in die Pußta blieben sie stehen.

»Mir nach, Leute!« rief Papa. »Fürchtet ihr euch etwa?«

»Eh ... eh ... hm ...«, sagte der Schaffner. »Fürchten? Nein. Aber man hat doch Angst. Wer weiß, wie viele ihrer dort sind.«

»Wenigstens zwanzig«, versicherte der blinde Ilia. »Herr, um Gottes willen, lassen Sie die Hand davon!«

»Ach, was, vorwärts!«

Papa ging allein.

Indessen sagten die anderen:

»Das ist Bakonja gewesen.«

»Freilich, wer sonst?«

»Zwanzig waren es? Gott strafe mich, wenn ich nicht dreißig gesehen habe. Bakonja im weißen Mantel voran.«

»›Zurück‹, hat er geschrien, ›oder ich schieße!‹ — Warum sind Sie nicht gleich umgekehrt, Herr Kohn? Meinen Sie, Bakonja läßt mit sich spaßen?«

»Nu, bin ich nicht gleich umgekehrt? Michel, du bist Zeuge. Was quakst du da für Unsinn, Ilia? Du willst Herrn Bakonja wohl gegen mich aufhetzen?« Kohn schrie aus Leibeskräften, damit Herr Bakonja ihn höre: »Ich habe gewiß nichts gegen Herrn Bakonja. Aber ich bin ein armer Mann, ich habe fünf Kinder zu ernähren. Was sag ich fünf — es sind doch sieben.«

Papa kam zurück; er hatte keine Menschenseele gefunden. Er fragte die Leute aus, wo die Schüsse gefallen wären, wer etwas gesehen hätte.

Den Ort gaben einige richtig an, andere hatten von zwei Seiten schießen gehört, Herr Kohn gar von allen Seiten. Ilia blieb bei zwanzig Räubern, die er gesehen hatte. Der Paradekutscher, eine vorsichtige Natur, hatte nichts gesehen und nichts gehört.

»Wo bist du gewesen, Marius?«

»Ich, Papa?«

»Nun ja. Wo haben sie geschossen?«

»Geschossen, Papa?«

»Na — wird's?«

»Geschossen? Ich denke, dort oben bei der Pappelallee, mehr gegen das Ende zu, hat Herr Kohn geschossen.«

»Was — ich — geschossen?« widersprach Kohn möglichst laut. »Ich? Mit meinen fünf oder sieben Kindern? Auf Herrn Bakonja? Lieber laß ich mich — Gott behüte — foltern, als ihm etwas anzutun.«

»Marius, weißt du nichts Näheres?« fragte Papa mißtrauisch. »Ich glaube, es könnten kleine Jungen oder dergleichen . . .«

»Oh, Papa, diesmal waren es gewiß keine kleinen

Jungen. Ich habe selbst zwei Kerle gesehen, zwei Fremde, einen mit einem weißen Mantel, er war ein großer Mann, und . . . und . . .«

»Also scheint es doch seine Richtigkeit zu haben mit dem weißen Mantel.«

Unterdessen waren auch die Weiber herbeigelaufen, die Hunde sangen ein Höllenkonzert.

Plötzlich hielt ein Wagen und noch einer. Im Abenddunkel, im Schreien hatte man ihr Nahen überhört. Bajonette blitzten, hurtig sprangen Gendarmen ab, ihrer vier, dann zwei Herren in Zivil. Einer gebot: »Fangt ihn! Im Namen des Gesetzes! Wenn er versuchen sollte, zu entrinnen, schießt ihn nieder! Halt! Keiner rühre sich!«

Die Gendarmen hatten die Gewehre fertig genommen und musterten die Menge. Alle standen wie Bildsäulen.

Da trat Papa vor.

»Guten Abend, Herr Vizegespan! Wen wollen Sie denn fangen?«

»Ist er nicht hier?«

»Wer, bitte?«

»Er. Wir sind ihm auf der Spur.«

»Wem, bitte?«

»Dem Bakonja.«

»Er ist nicht hier.«

»Wo ist er also?«

»Ja, das müssen Sie wissen, wenn Sie ihm auf der Spur sind.«

»Wer hat also geschossen? Man hat mir im Dorf

drüben gesagt, Bakonja ... Der Lärm — das Hundegebell ...«

Papa erzählte nun, was er wußte: Er hatte vor etwa einer Stunde rasch hintereinander drei Schüsse fallen hören, war heimgekommen, hatte gesucht, aber niemand gesehen.

Der Vizegespan begann die Leute auszufragen und erfuhr, was er wollte: die Zusammensetzung der Räuberbande, die Personsbeschreibung der wichtigsten Mitglieder, über Bakonja selbst einen förmlichen Steckbrief.

Dann hielt er Kriegsrat mit dem Postenführer. Sie entschlossen sich, von einer Verfolgung der Räuber in Anbetracht der Übermacht und der späten Stunde zwar einstweilen abzusehen, dagegen sofort am Ort der Tat nachzuforschen. Papa mußte einen reitenden Boten beistellen, der bekam folgenden Brief mit nach Gutta:

Bakonja auf Pußta Ilintzi ausgekundschaftet. Bande umfaßt etwa zwanzig Mann. Bitte um Verstärkung der Patrouille durch eine Eskadron, um zum Angriff schreiten zu können.

Wuitsch, Vgsp.

Man rief nach Laternen, Laternen. Papa, die beiden Beamten, die Gendarmen und eine Schar von Zeugen — natürlich auch ich — gingen hinaus an den Ort »des geplanten Raubmordes«.

Man suchte die Pappelallee ab, um Fußspuren zu finden. Ich ging mit einer Laterne in der Hand voran und fand die Fußspuren mit verblüffender Sicherheit. Einer von den Beamten nahm einen Zollstock und maß.

»Es gibt vielerlei Spuren hier«, sagte der Vizegespan, »die Angabe von zwanzig Räubern ist kaum übertrieben. Doch, Gott sei Dank, die Spuren sind im weichen Boden so gut abgedrückt, daß sie eine wichtige Grundlage meiner Untersuchung bilden werden. Schreiben Sie, Herr Adjunkt: ›Großer Männerfuß mit eins, zwei, drei ... acht, neun, zehn, elf Nägeln. Absatzeisen, vorn breit. — Mittelgroßer Männerfuß mit sieben Nägeln, vorn halbbreit ...‹«

So ging es fort ins Endlose. Fünfzehn Paar Stiefel stellte man ganz deutlich fest, »außerdem minder deutliche Spuren in großer Anzahl«. Man fand etliche Körner schwarzen Schießpulvers, Teile eines Pelzes, einen metallenen, doppelt gelochten Hosenknopf, eine halbe Zwiebel, weiter vom Tatort noch eine ganze Menge corpora delicti.

Ich stand dabei und dankte Gott, daß ich die leeren Patronenhülsen in die Tasche gesteckt hatte. Himmel, wenn sie daraufkommen, daß ich und Schweinehirts kleiner Stephan das Durcheinander angezettelt haben!

Der Postenführer hatte die Bäume abgeleuchtet.

»Herr Vizegespan«, jubelte er plötzlich, »eine frische Schußnarbe!«

Man grub mit einem Messer nach und schnitt aus dem Bast ein amerikanisches Expreßgeschoß. Wie da alle überrascht waren! Und wie ich zitterte!

»Ha, jetzt weiß ich alles«, schrie einer von den

Gendarmen, der Postenführer. »Vor zwei Jahren ist in Essegg ein Einbruch verübt worden, in der Eisenhandlung Nuber. Unter der Beute war ein amerikanischer Stutzen. Auch das hat also Bakonja getan.«

Das Geschoß ging von Hand zu Hand. Es war ein Langgeschoß, vorn ganz abgeplattet, wie ein Pilz gestaucht.

»Acht Millimeter«, sagte Papa.

Die Gendarmen leuchteten weiter und fanden Spuren. Neue Überraschung: Die Spuren führten nach der Pußta.

»Dadurch gewinnen die Aussagen Ihrer Leute nur an Wahrscheinlichkeit, Herr Roda«, sagte der Herr Vizegespan. »Ihre Leute wollen die Verbrecher in unmittelbarer Nähe gesehen haben.«

Wie ich zitterte!

»Vor dem Zaun, auf dem Brachfeld, verlieren sich die Spuren. Als die Räuber die Pußta alarmiert sahen, sind sie wohl nach dem Dorf geflohen.«

»Wir wissen, was wir wissen wollten, und machen für heute ein Ende«, entschied der Vizegespan. »Wenn Sie erlauben, Herr Roda, möchte ich mich und meine Begleiter für die Nacht bei Ihnen unterbringen. Wir sind sehr müde und brauchen dringend Ruhe.«

Papa lud die Herren natürlich auf das höflichste ein. Man ging nach Haus.

Schnell machte Lisi die Betten zurecht, und die sechs Gäste waren leidlich versorgt. Auch Herr Kohn bekam ein Lager.

Schlafen konnten sie freilich alle nicht. Fräulein Wunderlich klagte über Kopfschmerzen, Zahnweh, Herzkrämpfe und wimmerte die ganze Nacht wie eine angeschossene Katze.

In dieser Nacht wollte ich dreimal aufstehen und Papa meine Streiche beichten. Doch im Zimmer zwischen mir und ihm lag der Herr Vizegespan und sann über die wertvollen Grundlagen nach, die seine Fahndung heute gewonnen hatte ...

Am Morgen, zeitig wie nie, als die Hähne noch krähten, sprang ich auf.

Vor dem Haus fand ich die Gesellschaft schon wieder versammelt. In eifrigem Erörtern stand die Pußtadienerschaft umher. Ebenso eifrig wisperten die Gendarmen untereinander. Sie waren aufgeregt, erwarteten sie doch für heute »einen Zusammenstoß«.

Auf der Veranda saßen der Vizegespan und Papa und frühstückten. Schüchtern kam ich hinzu, doch vom Tee mochte ich nicht einmal nippen.

Papa war argwöhnisch gewesen — das Expreßgeschoß hatte ihn umgestimmt. Von gewöhnlichen Wildschützen, an die er bisher gedacht hatte, konnte das Geschoß sicher nicht herrühren. In ganz Slawonien hatte ja seines Wissens ein Gewehr solcher Art nur er selbst — und vielleicht Bakonja.

Der Vizegespan erging sich in Vermutungen. Er schwelgte in dem Gedanken, Bakonja an den Galgen zu kriegen. Und gelingen müßte es diesmal, meinte er. So fest an der Gurgel sei er dem Gauner noch nie gewesen, trotz monatelangen Bemühungen.

Insbesondere die Mannigfaltigkeit der Spuren beweise, daß man es hier mit Bakonja zu tun habe. Wer anders konnte eine so große Bande gesammelt haben?

Papa erlaubte sich eine Einwendung: Wozu sollte Bakonja — wenn er es wirklich war, das aufgefundene Geschoß spreche allerdings dafür —, wozu sollte er überhaupt geschossen haben?

»Nun, offenbar, um den Roten Kohn zu berauben.«

»Herr Vizegespan, es war noch recht hell um die Zeit — Herr Kohn, seiner eigenen Aussage nach, keine hundert Schritt von der Pußtaeinfahrt weg —, ist das die richtige Gelegenheit für einen Raubüberfall? Wird ein Mensch von Vernunft die Sache auf so törichte Art anlegen?«

»Töricht nennen Sie die Art, Herr Roda? Ich sage Ihnen: Es ist der listigste Versuch, der mir je vorgekommen ist. Dem ganzen kühnen Plan nach erkenne ich meinen Vogel. Was hätten Sie getan, wenn Kohn unter Ihren Augen ermordet worden wäre?«

»Ich wäre selbstverständlich sofort zu Hilfe geeilt.«

»Da haben Sie's. Sie wären zu Hilfe geeilt. Das eben hat ja der Bandit erzielen wollen. Nicht auf Kohn hat er es abgesehen gehabt — nein, auf Sie, auf Ihr Geld und Gut, Ihr Weib und Kind.«

»Ich habe keine Frau«, entgegnete Papa.

»Also auf Ihr Kind. Auf dieses brave, liebe Mädchen.«

Der Herr Vizegespan strich mir zärtlich das Haar.

Mir war das Herz so schwer, daß ich meinte, der Last meiner Sünde erliegen zu müssen. Was hatte ich mir da mit dem einfältigen Räuberspiel eingebrockt!

Als der Herr Vizegespan hinausgegangen war, um Anordnungen für die Verfolgung zu treffen, atmete ich tief auf und sprach: »Papa, weißt du, was ich glaube?«

»Schmiere mir eine Buttersemmel und glaub dann etwas!«

Ich strich seufzend die Semmel.

»Hier, Papa! Weißt du aber auch, was ich glaube?«

»Nun?«

»Ich ... ich ... glaube, es war doch nicht der Rote Kohn, der geschossen hat.«

»Gut, daß du mich erinnerst. Ich bin dir noch etwas schuldig. Du hast gestern behauptet, der Hafer dumpft. Die Bemerkung war ebenso täppisch wie verlogen, Marius.«

»Bitte ... laß das jetzt, Papa. Ich ... will dir sagen, was ich glaube ...«

»Bin gar nicht neugierig, mein Sohn. Du bleibst zur Strafe für deine Taktlosigkeit heute auf deinem Zimmer. Marsch!«

Mir standen die Tränen in den Augen. Ich wollte um jeden Preis gestehen, auf meinem Gewissen lag ein Alp.

»Ja, Papa, aber ... ich glaube, weißt du ...«

»Kein Aber und kein Glauben. Glauben heißt nichts wissen. Wer nichts weiß, redet nicht drein.

Der Hafer dumpft nicht, und du bist eine vorlaute Kröte.«

Pferdegetrappel... Ich ringe mit meinem besseren Ich, während Papa hinauseilt, um zu sehen, was es wieder gebe.

Ulanen sind da, vier Mann, mit Karabinern im Arm. Sie spähen in die Pußta. Dort oben aber auf dem Weg von Gradina trabt eine ganze Kolonne, in eine Staubwolke gehüllt. Sie schwenken den Weg zur Pußta ein, voran der Rittmeister mit gezogenem Säbel, der Trompeter mit dem roten Roßbusch an der Tschapka hinter ihm, dann in endlosem Zug die Reiter mit den Lanzen.

Der Kommandant sprengt heran. Er fragt die Gendarmen nach irgend etwas, dann hebt er den Säbel und läßt die Schwadron halten.

»Absitzen!«

Die Lanzen fliegen zur Erde, die Reiter schnellen auf einmal aus ihren Sätteln.

Wie die Pferde dampfen! Es muß ein scharfer Ritt gewesen sein.

Ach, und alles das wegen meines hirnverbrannten Räuberspielens! Ich muß, ich muß gestehen.

Ich rufe Papa an, doch er hört mich nicht. Er steht mit dem Vizegespan und dem Rittmeister dort in heftigem Wortgefecht. »Zwanzig Räuber — zahlreiche Schüsse — doppelt gelochter Hosenknopf — Langgeschoß« — dringen als Bruchstücke des erregten Gespräches an mein Ohr.

Der Rittmeister entscheidet: »Ich werde also füttern lassen und dann patrouillieren.«

»Papa, Papa!« flehe ich weinerlich.

»Wie, Marius, du bist immer noch hier? Willst du endlich deinen Zimmerarrest antreten? Marsch!« Fräulein Valeska unterhält sich zum Glück mit den Offizieren, sonst führte sie mich sicherlich nach Haus.

Man hat den Pferden Futterbeutel um die Ohren gehängt, sie fressen ihren Hafer. Die Reiter schöpfen Wasser aus dem Pußtabrunnen, um die Tiere zu tränken.

Der Trompeter schmettert das Signal »Satteln«. Die Patrouillen sollen abreiten.

Auch Papa hat sein Pferd bereitmachen lassen und will mit dem Rittmeister hinaus. Er hat den Patronengürtel umgeschnallt und schwingt in der Rechten seinen Expreßstutzen ... er entfernt die alten Patronen ... tut einen Blick durch die Läufe — er sieht, daß das Gewehr abgeschossen ist ...

»Papa!«

»Marius!«

Ich schlinge meinen Arm um seinen Hals und raune ihm ins Ohr: »Papa, liebster Papa, ich, ich habe gestern abend geschossen.«

»Herr Vizegespan«, ruft in diesem Augenblick der Gendarm von unserm Stall her, »Herr Vizegespan, eine überaus wichtige Entdeckung!«

Der Führer hält meinen Anzug von gestern hoch empor, die Kleider des alten Schweinehirten. Ich hatte sie im Stall liegenlassen.

Alle Herren umstehen den Gendarmen.

»Die Kleider rühren von den Räubern her. Da —

drei leere Patronenhülsen, die ich in der Tasche gefunden habe.«

»Bitte, Herr Gendarm, das sind meine Kleider«, winsle ich.

Der Rittmeister mustert mich starr, der Vizegespan lacht.

»Wie ist das möglich, kleines Fräulein?«

»Eigentlich nicht meine Kleider, wissen Sie, aber die, die ich anhatte, als ich gestern Räuber spielte und dreimal in die Luft schoß.«

Die Herren ziehen ein Gesicht, als wären sie geradenwegs vom Himmel gefallen. Ich erzähle reumütig.

Der Postenführer hat indessen unbeirrt alle Taschen der Kleider abgesucht und ein Päckchen darin gefunden. Es enthält einen Stempel mit der Unterschrift »Gemeindeamt Widowo«.

»Wem gehören die Kleider sonst, Fräulein?«

»Schweinehirts Stephan seinem Vater.«

»Wo wohnt Schweinehirts Stephan sein Vater?«

»Dort.«

Der Gendarm geht.

Die Herren sehen verwundert und betroffen den Stempel an.

Ehe wir noch zur Besinnung kommen, führen die Gendarmen unsern guten braven Onkel Juri gefesselt herbei; der Postenführer sagt: »Herr Vizegespan, ich melde gehorsamst, daß Bakonja gefangen ist.«

Als man die Hütte des Hirten durchsuchte, fand man Hunderte von Gulden bar, Waffen, Gold, Silber, allerlei gestohlenes und geraubtes Gut in Menge, und leere Viehpässe. Wenn er eben ein Pferd gestohlen hatte, stellte sich Onkel Juri mit Hilfe des Stempels gleich einen tauglichen Paß für das Pferd aus. Seit Monaten schon waren die Pässe mit der Bezeichnung »Widowo« der Behörde als Fälschungen bekannt gewesen — endlich fand man ihren Urheber in Bakonja.

In unserem Onkel Juri.

Und erst im Wald! Auch dort hatte er eine Hütte. Man fand die reichste Beute darin von Bakonjas Raubzügen; fand Uniformen, Perücken. Vieles hatte er allenthalben vergraben: Das mußte er den Gendarmen alles, alles zeigen und ausliefern. Wie leid tat den Meistern, Kutschern, Knechten und Frauen auf der Pußta um den kostbaren Hausrat und Zierat, den die Gendarmen da in die Stadt schleppten!

Immer kamen die Gendarmen wieder und suchten den sagenhaften »weißen Mantel« Bakonjas — bis sich herausstellte, daß Onkel Schweinehirt auf seinen Kriegszügen den Schafpelz mit dem Futter nach außen gekehrt hatte.

Sooft die Gendarmen kamen: am schlimmsten erging es dem blinden Ilia. Einst hatte er Bakonja angeblich da und dort gesehen: Nun bekam er von den Gendarmen mörderische Dresche für seine Lügen.

In Essegg war der große Prozeß. Auch Papa war vorgeladen.

Onkel Juri kam samt zwei Genossen aus Magodinowatz ins Zuchthaus.

Der Herr Vizegespan erhielt eine großartige öffentliche Belobung für seine Umsicht und Tatkraft, der Postenführer den auf des Räubers Kopf ausgesetzten Preis von tausend Gulden, der Wachtmeister eine silberne Medaille.

Verdient hätte eigentlich ich den Preis — ich, ich hatte ja Bakonja entdecken helfen. Doch damals fühlte ich mich genugsam belohnt durch die Verzeihung, die mir Papa gewährte.

Heute noch sind die Leute auf Pußta Ilintzi stolz auf ihren ehemaligen berühmten Schweinehirten Onkel Juri — Bakonja. Gabriel Warga behauptet wieder, er wäre mit ihm verwandt.

Wie die Alten sungen

Seit den Kindertagen von Pußta Ilintzi ist lange, lange Zeit vergangen. Ich bin der Junker Marius nicht mehr, bin eine richtige erwachsene Frau. Zehn Jahre schon wohne ich mit meinem Mann auf einem Landgut jenseits des Draustroms. Habe ich nicht schon erzählt, wie er Abschied vom Militär nahm? Landwirt wurde? Und wie ich ihn heiratete — Artur Kolinsky?

Mein Jüngster, Harro, ist ganze neun Jahre alt geworden und hat meine Heimat, die Pußta Ilintzi bei Gradina, überhaupt noch nie gesehen. Nun sind wir unterwegs dahin.

Harro jubelt: »Zum Großpapa!« In mir jubelt es: »Nach Hause!« Bin ich auch dort hinten den Wassern verheiratet: Daheim bin ich doch nur auf Ilintzipußta, wo ich aufgewachsen bin, bei Papa.

Ein trüber Regentag, der zehnte schon. Rein zum Auswachsen ist es. Das denkt wohl auch der Weizen; er läßt todtraurig die triefenden Ähren sinken und wächst aus. Denn er hat schon lange vor dem Landregen in Kreuzen gestanden. Einen Zentner wiegt jede Garbe mit dem Wasser, des sie vollgesogen ist.

Warum man doch den Neujahrstag in den Winter verlegt hat? Auf den ersten August sollte er fallen.

Wenn das Getreide gemäht und gebunden ist, dann ist Silvester: ein Jahr um.

Hier Weizen, der auswächst — dort schwindsüchtiger Mais, wieder einmal vom Hagel gerupft: die Ernte des Jahres. Wäre nicht besser, gleich jetzt ein neues zu beginnen?

In Gutta machten wir Mittagsrast, fütterten die Pferde und uns. Ein Eckchen blauen Himmels hatte bescheiden und verheißend durch die Wolken geguckt und dehnte sich zusehends. Als wir Gutta hinter uns hatten, war Sonnenschein über den rauchenden Gefilden.

Nun ist es nicht mehr weit nach Ilintzi. Bei Papa hat es wenig geregnet; je näher wir kommen, desto trockener finden wir den Weg.

Eine Stunde noch, dann tauchen die Pappeln der Ilintzer Linie am Horizont auf. Dahinter große gelbe Schober. Papa hat also vor dem Regen eingefahren.

Bald sieht man den Rauch der Lokomobile aufkräuseln — und als die Pferde durch eine ewige, vierdimensionale Kotpfütze Schritt gehen, da hört man es auch surren: Man drischt auf Ilintzi.

»Fahr gleich zur Dreschmaschine!« sagte ich dem Kutscher — ich weiß schon, wo ich Papa finden werde.

Aus dem Dreschkasten steigen Staubschwaden, Sonnenglast webt sich darein. Auch in den braunen Rauch der Lokomobile dringt ein Strahl. Von den Getreidebergen wirft man die Garben in den brummenden Dreschkasten, und hurtig trägt der Elevator das leere Stroh vom speienden Schüttler fort auf eine neu angelegte Triste. Militärgrenzer in weißer Tracht, mit breiten Gurten um die Lenden, mächtige gebräunte Kerle, stampfen das Stroh nieder.

»Marius!« jauchzt Papa. Ich heiße längst wieder Maria — nur er gibt mir immer noch den Namen, mit dem er vormals seine Einzige gerufen hat.

Ich fliege ihm vom Wagen hinab in die offenen Arme.

Mein zweiter Blick gilt der Dreschmaschine.

»Das ist ja gar nicht mehr die alte«, sage ich fast traurig. Es ist eine kleine, armselige, ganz moderne Garnitur.

»Nein, die alte ist es nicht. Aber du bist eben zurecht gekommen, um von der alten Abschied zu nehmen. Heute wird sie abmontiert.«

Papa führt mich zur alten Maschine. Der Rote Kohn aus Gradina, nun schon längst der Weiße Kohn — er hat die Maschine, wie sie stand, gekauft und läßt sie abmon ... nein, schlachten läßt er sie.

Die Schlosser winden eine Schraubenmutter um die andre von den verrosteten Spindeln, sprengen die Nieten, werfen Eisen zu Eisen, Messing zu Messing.

Ein müder Greis sieht ihnen zu: Eßlinger, früher Schaffner, jetzt Futtermeister auf Ilintzi.

Er begrüßt mich als alte Freundin und findet auch gleich meinen anheimelnden Spitznamen von ehemals: Junker. Sauer genug habe ich ihn mir, weiß Gott, erworben.

Das also ist die Ruine meiner lieben Dreschmaschine!

»Ob Sö sich noch erinnern, Junker«, sagt Eßlinger, »wie daß dö Maschin is kummen af 'n Majur (Meierei)?«

»Gewiß erinnere ich mich.«

»'s sein vieli Jahr.«

»Ja, schier zwanzig ...«

»Just zwanzig Jahr, Junker. Und ob Sö sich noch erinnern, wie daß Sö mich immer ham mit 'm Wasser aus 'm Probierhahn angspritzt, wie S' noch a jungs Madel waren? Und wie Sö des Stroh gschleppt ham trutz den Kutscherkindern — indem daß damals noch ka Ellevater nindersch (nirgends) net war?«

»Ja, daran erinnere ich mich genau.«

»Und wie Sö amal am Abend nach 'm Dreschen ham a Packl Waschblau in 'n Vorwärmer gschütt? Alsdann, wie sich der Franzel, was der Hazer war von dera Maschin, im Vorwärmer badt hat, is er blau gwest wiara Brombeerkolatschen. — Wissen S' des noch?«

»Gewiß weiß ich es.« (Der Mann beschämt mich vor meinem Sohn.)

»Und wie dö Maschin amal grepriert is worn, und des Mannloch war offen, und Sö ham feine schöne weiße Kitteln anghabt und san ins Mannloch nein und ham drinnet pumpert, daß der Franzel, was der Hazer war, glabt hat, es san Geister? — Wie man S' fürigholt hat, waren S' schwarz wiara Rabenviech. — Wissen S' dös noch?«

»Als wär es gestern gewesen.«

»Ja, segen S', Junker, mir zwa, dö Maschin und i, mir san altes Eisen, ka Mensch kunnt uns mehr brauchen. Heunt begrabt man d' Maschin, moring kummt der Weiße Kohn mit dera Sensen und holt mi. Und grad jetzend, wo i anfanget gscheider zu wern, muß i fort von dera Erden. Vor dreißig Jahr, wie daß dö Maschin hätt sollen kummen, da hat kaner in ganz Schlawonien gwüßt, wie daß a so a Maschin ausschaun tut. Der sölige Meister Michel hat uns damal derzählt, wie daß s' is, und i hab's richtig glabt. Jetzend waß i, daß er uns alli für an Narrn ghalten hat — hat's selber net gwüßt. Und damal, wiari dumm war, hab i mein Dienst gmacht. Heunt, wo i gscheit bin, bin i z' schwach. 's is an Ölend auf dera Welt.«

Da kommt Franzel dazu, der einarmige Alte. Der Transmissionsriemen hat ihm einmal den anderen Arm abgerissen.

»Siegst«, ruft er der Maschine zu und hebt drohend seine Hand, »jetzend hat deini Uhr a gschlaga. Drei Zähnd hast mi kost und an Arm.«

Ich ging zum Weißen Kohn und erbat mir die alte Lokomobilpfeife als Briefbeschwerer.

Er lächelte und gab sie mir. Ahnte gar nicht, welch kostbares Andenken er mir da geschenkt hatte.

... so zwitschern die Jungen

Wir haben uns auf Ilintzi eingerichtet. Wo ich einst als kleines Mädchen umflog, da tut es jetzt mein Ältester und Einziger — Harro.

»Gibt es denn keine Söhne, die ihren Müttern gleichen?« habe ich mich oft in Harros ersten Jahren gefragt. Ich sah es bei allen jungen Frauen meiner Bekanntschaft: Die Erstgeborenen waren selbstverständlich »dem Papa wie aus den Augen geschnitten«.

Solange Harro ein lockiges Kind war, reklamierten ihn von Artur und Arturs Mutter an bis zur entferntesten Gliedmuhme alle als einen echten und rechten Ihren. Doch als er erst mit Hilfe des Fohlenhirten eine Spazierfahrt im Brunneneimer gemacht hatte, um zu sehen, woher das Wasser käme — als er Vaters Galastiefel der glänzenden Röhren beraubte, um sie als Helm zu benutzen — da tauchten leise Zweifel in der Seele meiner Lieben auf.

Die Zweifel der Gliedmuhmen mehrten sich, als Harro sich eines Sonntags starrköpfig weigerte, mit nach der Kirche zu fahren. Er müsse sein Gartenbeet durch Kanäle trockenlegen, sagte er.

Großmama, Arturs Mutter, machte ihm heftige Vorwürfe.

»Das verstehst du nicht, Großmama«, antwortete Harro sehr bestimmt. »Gräbenziehen und solche Sachen — das ist Jungenarbeit.«

»Sonntag ist aber der Tag des Herrn.«

»Dann hätte der Herr am Sonntag auch nicht sollen regnen lassen.«

Harro hat, wie ich vorzeiten, zum Geburtstag einen kleinen Rappen von Großpapa bekommen und ihn Jani genannt, weil ich ihm so viel von meinem Jani erzählt habe. Er wacht eifersüchtig darüber, daß niemand anderer als er Jani füttere, fahre und reite.

Nun begab es sich vor einem Monat, daß Vetter Attila Kolinsky, jetzt schon Rittmeister, samt Frau und Töchterchen zu Besuch nach der Pußta Ilintzi kam. Mir fiel nicht ein, Harro ein Wort darüber zu sagen; denn daß er so galant sein würde, Attilas kleine Nelli spazierenzuführen, hielt ich für selbstverständlich.

Harro nicht. Ihm war Nelli von Herzensgrund zuwider. Sie hatte hübsche Kleider an und benahm sich überaus artig — Eigenschaften, die meinem Harro sehr mißfielen. Er nannte sie einen Stadtfratzen und verachtete sie tief. Machte also auch keine Miene, sie in seinen Ponywagen zu laden.

Ich nahm ihn deswegen einmal vor. Allein er blieb trotzig; Jani gehöre ihm, er werde reiten und fahren, wann er wolle.

In solchen Fällen gibt es nur ein Beweisstück mütterlicher Herrscherhoheit, und das brachte ich auch vor. Harro weinte, versprach, er werde sich von nun an brav und zuvorkommend gegen Nelli benehmen — und ich bog meine Reitgerte nach der Drohung wieder gerade.

Am anderen Morgen sollten Nelli und er ausfahren, Nelli tanzte schon vor Entzücken.

Am anderen Morgen war von Jani, Harro und dem Wagen keine Spur zu entdecken.

Na, der kann sich freuen, wenn er heimkommt! Nelli wurde einstweilen durch Kompott entschädigt und auf den Nachmittag vertröstet.

Es wurde Nachmittag — von Harro kein Schatten.

Am Abend kam verzweifelt die Köchin: »Gnä Frau, wie soll ich den Rehbraten transchieren, wenn ich kein Beil hab?«

»Wo ist es denn?«

»Ich weiß nit. Wird schier der junge Herr mitgenommen haben.«

»Mit dem großen Messer also«, riet ich.

»Des große Messer is auch verschwunden.«

Frau Kolinsky sagte: »Marie, ich beneide dich um deine Ruhe. Wenn meine Nelli seit dem Morgen verschollen wäre — ich hätte mir schon lange die Haare ausgerauft.«

»Ist doch weiter kein Grund zu einer Aufregung«, meinte der Rittmeister. »Der kleine Racker wird halt irgendwo bei Bekannten in der Nachbarschaft stecken.«

Ich glaubte es nicht, behielt aber meine Ansicht für mich. Eine flüchtige Umschau ergab den Abgang eines Flaubertgewehrs und einer Jagdtasche. Dem ausgestopften Seeadler in Papas Arbeitszimmer war der Stoß ausgerissen. Das Stubenmädchen ging mit einer verzweifelten Frisur umher — ihr Schopf war verschwunden.

Merkwürdiger Tatbestand. Ich setzte mich hin und bot meine Einbildungskraft auf, um mich zwanzig Jahre jünger zu denken. Was hätte ich in Harros Alter mit all diesen Dingen begonnen?

Da wußte ich ganz genau: Harro spielt irgendwo Indianer. Das Küchenbeil ist sein Tomahawk; der Schopf sein Skalp; das Küchenmesser ein Dolch; der Adlerstoß Auszeichnung des Häuptlings. Natürlich ist Harro Häuptling. Irgendwelche andere Jungen der Pußta sind die Unterindianer.

Als das Warten vergeblich war, ließ ich mir den alten Juri holen, den Schweinehirten, und gab ihm vertraulich einen Befehl ...

Der Alte lächelte verlegen.

»Junker«, sagte er, »ich sollte stehlen? Wo sind die schönen Zeiten«, seufzte er, »wo ich noch stehlen konnte! Sie wissen, was ich durchgemacht hab ... fünfzehn Jahre Zuchthaus ... da verliert man die Gewandtheit. Die alten Knochen wollen nicht mehr. Mein junger Sohn Stephan, er ist stramm und kräftig, er wird stehlen gehen. Nichts für ungut, Junker, ich hätt es gern selbst getan; wenn ich nur könnte.«

Und der arme alte Juri trollte sich.

Nellis Mama war entschieden nervöser als ich. Sie weigerte sich, schlafen zu gehen, und wußte die schaurigsten Geschichten zu erzählen von geraubten, von entführten Kindern. Die arme, gefühlvolle Nelli brach in Weinen aus und grämte sich schon über das Schicksal ihres Vetters.

Endlich gingen wir zur Ruhe. Ich blickte prüfend den Himmel an und war sehr erfreut, als er voller Sterne stand. In der Nacht hörte ich Hufschläge und gleich darauf die Stalltür knarren; schließlich: schlafen konnte ich doch nicht.

»Gott im Himmel, Marie«, sagte mir die Rittmeisterin beim Frühstück, »du mußt Harro doch suchen lassen. Ich verstehe dich nicht.«

»Ja, ja, Maria, jetzt ist endlich Zeit«, fand auch Artur.

»Laßt nur«, sagte ich und lachte, »vor Mittag kommt er gewiß.«

Sie zuckten die Achseln — dann saßen wir da und warteten in der Laube hinter dem Haus.

Eben läutete man zum Füttern, als ich ... ihn kommen sah. Langsam schob er sich durch das Gittertor herein; grenzenlose Beschämung war in dem schmutzigen, verstaubten Gesichtchen, die Tränenbäche zogen kleine Streifen darüber. Den stolzen Skalp schleifte er nach, nicht zum Vorteil des Schopfes.

Ich blieb ruhig. Die anderen bemerkten ihn nicht.

Plötzlich nahm er einen Anlauf und prallte auf mich.

»Mama! Mama!« rief er und bohrte den Kopf in meine Brust.

Er dauerte mich, der arme Schelm.

»Harro, sag, was ist geschehen?«

»Mama! Mama!« jammerte er — und endlich brachte er es, vom Schluchzen unterbrochen, heraus: »Man . . . hat . . . hat . . . mir Jani, meinen Jani gestohlen.«

»Wo hast du ihn denn stehen gehabt?«

Da fiel ihm erst sein Streich wieder ein. Er weinte stumm.

Sein Jammer rührte mich. Ich konnte mir so gut vorstellen, wie ihm zumute war: sein Jani, sein liebes Pferd, gestohlen.

Ich faßte ihn an beiden Armen und sagte: »Harro! Ich weiß, wo Jani ist.«

Und richtig wollte er sich losreißen. »Im Stall«, johlte er. Die Tränen waren im Nu versiegt. Er wand und krümmte sich, um sich aus meinen Händen zu befreien.

»Harro, du gehst jetzt in dein Zimmer, wäschst dich und kommst nicht hervor, ehe ich dich hole. Sonst siehst du deinen Jani niemals wieder.«

Ich sagte es eindringlich und drohend. Das wirkte.

»Ja, Mama, ich will alles tun«, antwortete er, »nur laß mich los!«

Er huschte davon wie eine Schwalbe.

Frau Kolinsky sah mich fragend an.

»Liebe Liddy«, erklärte ich ihr, »wenn ich Harro hätte suchen lassen, da wäre er der Stolze gewesen und hätte mir Bedingungen diktiert. Zum Beispiel: Wenn ich ihm hundert Drahtnägel gebe, einen Gummischlauch und Papas Sporen — dann käme er zurück. Sonst nicht. Ich zog also vor, den Schweinehirten Stephan auszusenden, damit er Jani stehle.

Ich wußte, daß der Verlust Janis meinen Harro nach Hause treiben wird.«

Ich ging zu Harro ins Zimmer. Er hatte sich flüchtig gewaschen, mit zwei Bürstenstrichen sein Haar geglättet und kleidete sich eilends an.

Ich furchte die Stirn in finstere Falten und hielt folgende Rede: »Harro! Ich hoffe, du weißt, wie abscheulich du dich aufgeführt hast. Du tust, als wäre alles gut und verziehen, weil du plärrend heimkommst. Du hast dich nicht nur gegen Nelli unfreundlich benommen — Nelli ist ein liebes, artiges Kind und sollte dir zum Muster dienen —, du bist auch keck und ungehorsam gegen mich gewesen.«

Mein Sohn war mit seiner Toilette fertig. Seine Stimmung hatte umgeschlagen.

»Du brauchst mir nicht zu erzählen, wie Kinder sein sollen, Mama«, sagte er wegwerfend. »Denn du hast sogar Zigeunerpferde gestohlen, als du in meinem Alter warst — und der Gouvernante hast du die Zähne in den Brunnen geworfen — und deinem Onkel Heinrich hast du ein Pferd geborgt, das sich im Wasser niederlegte.«

»Ja, woher weißt du das alles?« fragte ich unvorsichtig und verblüfft.

»Hab es gelesen — in einem Buch. Von mir hat noch nie etwas in Büchern gestanden, Mama. Schwarz auf weiß, gedruckt. So arg treib ich es nicht.«

Ich machte einen letzten Versuch, meine Ehre zu retten.

»Na, dann hast du wohl auch gelesen, wie ich Onkel Heinrich um Verzeihung bitten mußte?«

»Ja — auch das.«

»Also mußt du dich bei Nelli entschuldigen.«

»Ich?« fragte er mit ungläubigem Staunen.

»Gewiß — ich hab es doch auch tun müssen.«

»Du warst ein Mädel«, erwiderte er großartig.

Ich weiß, es war gegen alle Regeln der Erziehungskunst, doch ich konnte nicht anders: Ich nahm den ungebärdigen, stolzen Jungen in meine Arme und küßte ihn stürmisch. Dann ließ ich ihn zu Jani laufen.

Inhalt